T0262487

# Todos nosotros

# Kike Ferrari

## Todos nosotros

Papel certificado por el Forest Stewardship Council®

MIXTO
Papel procedente de
fuentes responsables
FSC® C117695

Penguin
Random House
Grupo Editorial

Primera edición: julio de 2021

© 2019, Kike Ferrari
© 2019, Penguin Random House Grupo Editorial, S. A.
Humberto I 555, Buenos Aires
© 2021, Penguin Random House Grupo Editorial, S. A. U.
Travessera de Gràcia, 47-49. 08021 Barcelona

© Diseño: Penguin Random House Grupo Editorial, inspirado en un diseño original de Enric Satué

Penguin Random House Grupo Editorial apoya la protección del *copyright*.
El *copyright* estimula la creatividad, defiende la diversidad en el ámbito de las ideas y el conocimiento,
promueve la libre expresión y favorece una cultura viva. Gracias por comprar una edición autorizada
de este libro y por respetar las leyes del *copyright* al no reproducir, escanear ni distribuir ninguna
parte de esta obra por ningún medio sin permiso. Al hacerlo está respaldando a los autores
y permitiendo que PRHGE continúe publicando libros para todos los lectores.
Diríjase a CEDRO (Centro Español de Derechos Reprográficos, http://www.cedro.org)
si necesita fotocopiar o escanear algún fragmento de esta obra.

Printed in Spain – Impreso en España

ISBN: 978-84-204-5650-8
Depósito legal: B-20642-2020

Impreso en Unigraf, Móstoles (Madrid)

A L 5 6 5 0 8

*A Paco Ignacio Taibo II y, en su nombre,
a nuestros maestros.*

*A Diego Ameixeiras y, en su nombre,
a los colegas de este violento oficio.*

*A Paco Camarasa y, en su memoria,
a los libreros del mundo.*

*A Liliana Vaccaro y, en su nombre,
a la cofradía de la lectura.*

*A Chato Baygorria y, en su nombre,
a los viejos camaradas.*

*A Matías Rey y, en su nombre, a los nuevos.*

*A Virginia Bouvet y, en su nombre,
a los compañeros subterráneos.*

*A Diego Abrego y, en su nombre,
a los veteranos del Metal.*

*A Nacho Mendoza y, en su nombre,
a los hinchas del Más Grande.*

*A Juan Batista y, en su nombre,
a mi familia y mis amigos.*

*¡Salud!*

*Por nosotros. Por todos nosotros.*

*En realidad, todos nosotros estamos del otro lado de la vida.*

ROBERTO ARLT

*All of us that started the game with a crooked cue, that wanted so much and got so little, that meant so good and did so bad. All us folks. Me and Joyce Lakeland, and Johnnie Pappas and Bob Maples and big ol' Elmer Conway and little ol' Amy Stanton. All of us.*

JIM THOMPSON

# Capítulo I

# 1. La novela de José Daniel

*Lo que sabes y lo que eres*

Enciendes un Cohiba de los que te manda cada tanto Lorenzo y que fumas cuando subes a escribir. Tras tu ventana el Defe es puro diluvio, una cortina de agua interminable que huele a mierda de burro. Te sientas frente al ordenador, mueves el mouse y la oscuridad es devorada por el brillo de la pantalla. Empiezas a escribir.

Escribes, con el Cohiba entre los labios: *La segunda vida de Miguel Di Liborio.*

Borras *La segunda vida de* y escribes *Un guion para.*

Doble espacias.

*Me ubico detrás del árbol, en una posición en la que no pueden verme desde la casa ni desde el Chrysler verde de la GPU. Prendo un cigarro con las manos temblorosas pero enseguida lo apago: quizá sí puedan ver el humo y lo arruine todo.*

Escribes con rabia.

Porque no sabes qué otra cosa hacer.

Porque cuando llueve mierda, cuando te quieren meter en la cárcel por razones políticas, cuando el mundo se oscurece, cuando se mueren los amigos, cuando un cuate se embarca en un viaje que lo puede transformar en asesino y cambiarlo todo, cuando sientes cómo se desmorona tu pareja, eso es lo que haces: escribir. Es lo que sabes y lo que eres.

Reemplazas *un cigarro* por *el último cigarro que me queda*.

Hay un plan del que eres parte desde hace apenas cinco días. Y lo demás. Las gotas, como pilotos kamikazes con olor a mierda de burro, se tiran en picada sobre la monstruosidad del Defe, la ciudad más potente y bella del mundo entero, la única que amas de verdad.

Hay junto al ordenador una pila de libros que en cuarenta y tres minutos pueden desaparecer. O seguir ahí, como si nada.

Escribes para preguntarte —no para responderte— qué pasará con esa combinación de papel y tinta si todo sale según el alocado plan de un gordito que murió hace apenas un año y al que no conociste.

Tu boca dibuja una sonrisa medio oculta bajo el bigote abundante, canoso e indisciplinado.

Sabes que hay un hombre a punto de festejar su cumpleaños número noventa al que dentro de cuarenta y tres, más bien cuarenta y dos minutos puede cambiarle la mayor parte de lo que siempre ha sido y casi todo lo que es.

Imaginas a un cuate tuyo que camina bajo la lluvia de color plomo y olor a mierda, tratando de probar o probarse algo sobre lo posible, lo verdadero, el pesimismo y la realidad. Listo para emprender un viaje y, en cuarenta y un minutos, interrumpir el curso de las cosas, transformar tu pila de libros en otra cosa o en nada y la memoria del anciano en el mapa de un país que nunca existió.

O no.

Vuelves al ordenador y escribes otro párrafo.

*Se queda un momento en el auto, con las dos manos sobre el volante. Después se revisa los bolsillos y mira el reloj. Lo imito: faltan cuatro minutos para la cita. Es la hora. El sol de agosto —de agosto de 1940— me golpea con su puño de acero. Él baja del automóvil. Sé que no va a cerrar con llave y no lo hace. Pese al mareo, el vértigo y el miedo sonrió a la idea de estar metido en una película de la que leí y releí el guion.*

Recuerdas que en algún lugar del tiempo hay un español, que también es un belga y un canadiense, contando los minutos —poco más de cuarenta y cinco— para entrar en la Historia.

Borras la palabra *Él* y pones su apellido.

Reemplazas la palabra *automóvil* por una marca: *Chrysler*.

Vuelves al título: borras *Di Liborio*.

Enciendes un cigarrillo con la colilla del anterior igual que escribes un párrafo tras otro: sin detenerte a pensar, como si las palabras fueran a encontrar su sentido en la compañía de las demás pero tú no tuvieras nada que ver con eso.

## 2. El testamento de Felipe

*Si parece real, es ilusión*

No hay nada más hermoso que un hombre atrapado por una obsesión. Una idea fija.

Una obsesión es como una tosca pulida por el río, redonda, resbaladiza, inasible. Y cuanto más intensa, más pura. Una pura voluntad sin aristas ni grietas. Nada de lo que ese hombre pueda agarrarse, nada que pueda salvarlo. Nada fuera del núcleo duro de la idea recurrente. Un piñón fijo encadenado al pedal de un único plan. Un riff repetitivo y pegadizo —como el de "Heaven and Hell"— que se transforma en la banda de sonido de su propia vida y permite, por momentos, acercarse al sentido para descubrir que todo es sueño.

*If it seems to be real*
*It's illusion*

No hay nada más hermoso y perturbador que un hombre atrapado por una obsesión.

Todo se articula alrededor de ella y por ella cobra o pierde sentido. Y cuanto más hundido está un tipo en el cuarto pequeño de su propia obsesión más estrecho e inabarcable es el mundo que lo rodea. Porque una idea fija es un punto diminuto que condensa el universo, y el hombre atrapado en ella es un esclavo y un demiurgo. Una obsesión se enrosca como una serpiente entre los pensamientos y las cosas hasta deglutirlo todo, hasta que no queda más que la tosca redonda, resbaladiza e inasible.

*Every moment of truth*
*There's confusion in life*

No hay nada más hermoso, perturbador y desequilibrante que un hombre atrapado por una obsesión.

Nuestro nombre es Felipe Caballero. Y abrazamos nuestra obsesión una tarde cualquiera de 1988. Y desde entonces esa idea ha sido el signo de nuestros días y nuestras noches. Nuestra canción de cuna. La razón para drogarnos o para abandonar las drogas. Para dejar de salir a la calle. Para estafar gente por internet o para pasar una, dos, tres noches sin dormir. El motivo para mirar la realidad de frente o para dudar de nuestra cordura. Una piedra redonda y resbaladiza que ocupó el lugar de nuestro corazón.

No hay nada como estar atrapados por esta obsesión: apagar la vida de un tipo que se llamó Ramón. Ramón Mercader del Río.

Nuestro Cielo. Y nuestro Infierno.

18

## 3. La cuenta regresiva de Ramón

*18 de abril de 1940*

Mis días gotean como un grifo roto. Todo este bienestar, la cabaña cómoda y apacible, el campo arbolado, el clima primaveral, las sábanas frescas, la ropa interior de seda, no hace más que subrayar el sinsentido de que la misión por la que abandoné lo que había sido mi vida se esté alejando. De que quizá haya sido en vano, de que quizá vayan a ser otros los que acaben con el Infame Bastardo.

Recuerdo a Sylvia, por ejemplo, mi boca besando la suya, y una náusea me ataca la garganta con su garra de hierro. Pienso en los que se quedaron en España, luchando contra el fascismo. Perdiendo la guerra, sí; dando con sus huesos en las cárceles de Franco; muriendo a menudo: pero a cara descubierta, hombro con hombro junto a sus camaradas que son los míos, con la frente en alto y la Internacional en los labios mientras yo desperdicio los días en prestarle la vida —mi cuerpo, mi voz, mis gestos, mi ros-

tro— a este espejismo, al fantasma de un decadente burgués belga. Y tal vez ha sido para nada.

Van a hacer dos días que no salgo de esta cabaña, de esta espiral de rabia, de este monólogo
sin solución. Enciendo un pitillo y con la primera
calada decido ir a caminar mientras lo fumo.

El día es de un brillo suave.

*Sortir em fa bé.*

Además de desentumecer las piernas dejo que
el cielo despejado y límpido me llene los ojos, entre
en mi sistema nervioso, me calme y me recuerde lo
que no tengo que olvidar: que soy un soldado, que
hago lo que hace falta hacer, que acaso todavía haya
una oportunidad para entrar en el juego. Los mexicanos son unos chapuceros y yo soy la carta fuerte
de Kotov, el brazo de acero del Camarada Stalin.

A la mitad del segundo pitillo me cruzo con
el joven Shirley. Tartamudea un poco al hablar,
algo que tantas veces me había puesto nervioso
pero hoy de alguna manera me relaja, lo mismo
que su charla banal y sosa. Me cuenta la llegada de
unas turistas venezolanas hermosas, una divertida
anécdota de su padre con dos norteamericanos
borrachos de mezcal y algo sobre su última excur-
sión para practicar alpinismo. Dejo que la caden-
cia tropezada de su voz y lo anodino de su charla
me aquieten mientras me repito que, pese a todo,
tengo que estar listo.

*Haig d'estar preparat.*

Tengo que estar listo.

Я должен быть подготовлен.

*Haig d'estar preparat.* Tengo que estarlo.

—Saluda a tu padre de mi parte, dile que estoy pasando una grata temporada aquí —le digo cuando nos despedimos.

Camino otros dos o tres minutos hasta que en un árbol de caoba, en lo más alejado del campo, lo veo. Los rayos de sol refulgen contra su acero. Me acerco con cautela pero imantado por la imagen: el mango de madera que sostiene la pieza de metal curvo, la punta clavada en el tronco, la corteza despedazada a los lados, como si alguien hubiera estado clavándolo y desclavándolo. Es un piolet de alpinismo. Es seguro que el joven Shirley aprovecha la noble dureza del tronco del caobo para practicar.

Tomo el palo y tiro, pero no logro sacarlo, lo muevo apenas. Una vez más. La punta debe estar hundida unos diez centímetros, calculo. Tiro de nuevo. Ahora sí, cede.

Y sucede.

Liberada y en mis manos, la herramienta acaba de transformarse. Lo que hasta recién era un piolet de alpinismo ahora es otra cosa. El objeto cobra vida —puedo sentirlo— y se hace uno con mi cuerpo. Vibra en mi puño. Late. Grita en el mudo lenguaje de los antiguos objetos de muerte.

El árbol es ahora la cabeza del Bastardo. Elijo un punto y descargo un golpe seco. El crujido de la madera despierta todos mis sentidos: tengo sed, hambre, deseo. Se me seca la garganta y una erección crece entre mis piernas. Dejo que los pulmones se me llenen de aire y los ojos de sol.

De pronto sé con una certeza física absoluta que voy a ser yo, y no los imbéciles de los mexicanos, quien acabe con el Renegado. Y que será esta la herramienta del fin de sus días.

Lo extraigo del árbol una vez más y una vez más descargo el acero contra la madera. Estoy vivo y él va a estar muerto. Su caída reafirmará mi vida dedicada a la causa comunista.

La erección ya es total: daría todo lo que soy y lo que seré por tener entre mis brazos a África. Pero podría follarme incluso a esa urraca de Sylvia. El deseo crece, impersonal.

Vuelvo a descargar un golpe de piolet contra el tronco. Lo saco y, luego de confirmar que nadie me haya visto, lo escondo entre unos matorrales.

Quizá el mango sea demasiado largo, pienso al dejarlo, pero sin duda es el arma indicada. Por primera vez en días, sonrío.

*Vaig a matar a aquest fill de puta, vaig a matar-ho.*

En el camino de regreso a la cabaña experimento una profunda sensación de solaz mientras un tibio espeso manantial de semen brota sobre mis calzoncillos de seda.

Yo estoy vivo.

Él va a morir.

## 4. Hipótesis

Interferencias en un diálogo entre Felipe
y el Gordo: su moral y la nuestra

*pero ¿para qué haríamos eso? por qué no viajar a
georgia en 1884, por ejemplo, y matar al pequeño iósif*

*Los magnicidios suelen no tener sentido, imagí-
nense un magnicidio prefacto.*

*pero matar a*

*Además Mario no sería capaz de matar a un niño,
aunque ese niño fuera a ser el Pepe. Y está el problema
de la justificación histórica si algo falla. No hay documentación ni excusas posibles, no hay línea de salida.*

*pero podríamos*

*Ustedes saben tan bien, mejor que yo, que las con-
diciones objetivas no desaparecerían si lo matáramos.
Y si el resto de los acontecimientos siguieran el mismo
curso —y su papel en la revolución no hace pensar lo
contrario— alguien más se pondría al frente de la
naciente burocracia soviética y llevaría adelante el
Termidor. Quizá con menos brutalidad, pero…*

*pero*

*Manos a la obra.*

## 5. La cuenta regresiva de Ramón

*7 de agosto de 1940*

Vuelvo a llenar los vasos y le alcanzo uno a Sylvia.

—Por nosotros —dice.

—Por nosotros —contesto. Pero estoy diciendo otra cosa.

Siempre es igual. Siempre el sentido es distinto, disociado, múltiple. Opuesto, la mayoría de las veces. Hay un desplazamiento del significado. El lenguaje se estira y se contrae hasta que se desdibujan las fronteras de la comprensión. A veces creo que puedo escucharlas crujir. Ella habita en la insustancial lengua franca de los ciudadanos corrientes: mesa, silla, amor, sexo. Yo, en cambio, uso un código arcano que trasciende los idiomas, el de los guerreros de la supervivencia. Cada palabra que nos decimos, entonces, se extiende en esta segmentación.

—Por nosotros —repetimos al chocar los vasos.

Yo no pienso en nosotros dos. "Nosotros" es otra cosa, algo que nada tiene que ver con una silla, una mesa, el amor o el sexo.

Para poder estar ahí con ella, jugando a que somos nosotros dos, hago mi brindis por miles. Por millones. Cuando digo "nosotros", me refiero al futuro todo de la humanidad. Por nosotros, los hombres. La tierra —dice mi brindis— será el paraíso, imperio de la humanidad.

Se acerca y me abraza. En su rostro anguloso se dibuja la fealdad de la traición al proletariado. Sonríe. Aproxima su cara a la mía, cierra los ojos y entreabre la boca. Su aliento es hediondo como sus malditas ideas. Me besa. Tengo que pensar en nosotros, en los miles, en los millones. Su lengua es una serpiente. Pienso en Caridad, en mi hermano Luis, en Montse, la pequeña Lenina, en todos los compañeros del Quinto Regimiento. Pienso en Octubre, en la URSS y en el Camarada Stalin.

La abrazo con fuerza y respondo a su beso. Traigo el recuerdo de África, de sus caderas redondas, de sus muslos. Le hago sentir mi erección.

—Vamos —digo.

Ya en la pieza me desviste con desespero. La empujo sobre la cama pero no la miro, clavo la vista en un punto entre sus ojos, como un francotirador, y vacío la mirada.

—Ven —ruega.

Soy eso: un francotirador. Un soldado. Soy la vanguardia de la vanguardia de la vanguardia de la vanguardia. Un comando de elite de un solo hombre a punto de perforar las líneas enemigas.

—Ven, Jacques —repite.

No soy Jacques Mornard. Ni Frank Jacson. Soy el futuro del comunismo.

Tengo que serlo porque si no soy solo un tipo en un pequeño cuarto del Hotel Montejo, en la Ciudad de México, a punto de follarse a una mujer fea como la derrota. Tengo que serlo para que los tragos y las charlas mundanas y los viajes tengan algún sentido y algún valor. Para que los años de preparación, todo este tiempo sin mi pasado ni mi patria, sin mi nombre ni mis seres queridos, encuentren justificación.

Se saca la ropa intentando parecer sensual. Un zapato y el otro. Es tan sensual como una urraca borracha de tequila. Deja caer la falda a un lado de la cama. Una urraca cómplice de los nazis. La camisa va a acompañar a la falda y deja ver un cuerpo como de un muchacho tempranamente envejecido. Se quita las medias. Tempranamente envejecido y socio del imperialismo. Se desabrocha el sujetador con dificultad y lo deja junto a la almohada. Los pechos le cuelgan como bolsas de aire a medio inflar. Separa las piernas, sin sacarse las bragas.

La odio.

Vuelve a llamarme, con la voz ronca por el deseo. Y voy.

—Vamos a jugar —propongo—. Estamos en la guerra.

—¿Dónde?

—En Europa.

—¿Qué más?

Quiero decir en España. En Lérida, quiero decir. Pero digo:

—En una trinchera sucia y fría. Con las botas hundidas en el agua, hasta los tobillos. Alrededor todo es barro y viento. Los aviones enemigos sobrevuelan día y noche, bombardeándonos.

—¿Estamos en una tienda? ¿Hay una lámpara de kerosene?

No, pienso, maldita idiota, dije en una trinchera. No dije fuego. Frío, dije. Dije agua, mugre, viento.

Subo a la cama y sobre ella. La aprisiono con los brazos. Mi rostro está tan cerca del de ella que nuestras narices se rozan. Trata de soltar una de las manos. No la dejo.

—Todavía no. Estamos afuera, en un hoyo en el que apenas caben nuestros cuerpos, apretados uno contra el otro.

—Por favor, Jacques…

—Hace días que esperamos refuerzos: parque, provisiones, botas nuevas, pero nada llega.

La levanto con un brazo y con la otra mano me apodero de la manta y nos cubro con ella. Volvemos a la misma posición pero ahora tapados. Ya no puedo verla. Ya se pierden en la oscuridad su cara de urraca y su cuerpo de muchacho.

De a poco puedo ir entrando en la historia que le cuento.

—Lo único que tenemos para abrigarnos es esta frazada mugrienta y llena de chinches…

—Sí, amor, las siento caminándome por la espalda.

Tanta interrupción me distrae. Tengo que concentrarme en la historia. En las historias: en la que le estoy contando a ella, en la que me cuento a mí. Pienso en el momento, en la hora señalada. Puedo escuchar el grito desgarrador del mayor enemigo de la clase obrera y el Partido al caer bajo mi acero. Acero. Сталь. Sí, tengo que concentrarme en las historias para poder entrar en la Historia.

—Nos molestan los fusiles, la ropa húmeda y roñosa, pero más nos molesta no saber si iremos a ver un nuevo día.

—¿Sopla el viento?

—Fuerte. Suena como un lobo aullando, como un centenar de lobos aullando a lo lejos. No tenemos ni un cigarro para compartir, nada.

—Dame…

—Shhh, no hables más…

El rechinar de su voz está a punto de arruinarlo todo. Necesito recomponer el hechizo o no voy a poder mantener la erección. Y no puedo fallar. Imagino la muerte del Perro Traidor. No alcanza. África. No es suficiente. No sé de dónde viene pero en mis pensamientos aparece Caridad. Desnuda. Los pechos enormes de Caridad, moviéndose al ritmo de su respiración agitada mientras se masturba. Una, dos, tres gotas de sudor bajando por uno de los pechos enormes de Caridad hasta su pezón oscuro.

Aflojo un poco la presión de los brazos. Las manos de Sylvia buscan primero mi pene, un poco reblandecido pero recuperándose, para después bajar hasta los testículos. Los masajea, los acaricia, los aprieta.

Vuelvo a Caridad: ahora de rodillas, la lengua ávida entre las piernas de Grigoriev.

Hago un poco de presión sobre la cabeza de Sylvia, que obedece enseguida. Su boca se cierra sobre mi sexo.

La boca de Sylvia no es una boca y mi sexo es un arma. Soy un soldado empuñando su arma. Y no puedo fallar. Unos tienen un fusil. Otros un puñal. Yo tendré un piolet. El piolet al que esta misma tarde le hice acortar el mango para la faena. Pero eso será después, cuando llegue el momento. Ahora tengo esto entre mis piernas y debo mantenerlo altivo. Soy el brazo ejecutor de la Historia y si logro que ella me abra las puertas del Perro Renegado voy a ser el reaseguro del comunismo. Voy a salvar a la patria del proletariado del peor traidor que haya conocido. Voy a cortar la cabeza de la serpiente que quiere poner sus huevos asesinos en la cuna de nuestros hijos, los hijos del pueblo, los nietos de Lenin.

Me cuento historias, le cuento historias. Nos cuento historias.

Pienso en Caridad en cuatro patas, recibiendo a Kotov por detrás. Mi erección regresa, con todo. Le arranco las bragas.

—Estamos rasgando tu uniforme, unos harapos embarrados y húmedos pero los únicos que tienes…

—¿Cómo me llamo? —gime.

—Te llamas como yo quiera…

—Sí, sí. Como tú quieras…

—Cierra las piernas. Apriétalas bien.

Mi sexo es duro como el piolet de alpinismo que preparo desde abril. Es el arma con la que voy a llevar castigo, me digo, y lo hundo dentro de ella. Tengo que hacer fuerza para penetrarla. Los huesos de su pubis se transforman en el cráneo del Perro Bastardo que cede.

—Venga, África…

—África —repite la urraca— o como tú quieras, Jacques.

—Ramón. Dime Ramón.

Entro. Salgo. Entro. Salgo. Mi miembro en su sexo jugoso y caliente, hurgando, como lo hará el piolet de mango corto entre la sangre y los sesos del Traidor.

Sylvia mantiene los ojos cerrados y babea por la comisura de los labios. Babea. Imagino a Caridad babeando al recibir la descarga de Tom Roberts en el culo. Puedo ver el rostro del Renegado, babeando también, cuando yo le dé muerte.

Entro. Salgo.

Muerte.

—Así, Ramón, así —pide Sylvia.

Así será, pienso.

# 6. El testamento de Felipe

*Una noche en la vida de los solitarios*

Sentimos el cosquilleo bajo la piel, rugoso, después frío, punzante al final. Un millón de arañas con los pies de plumas que se van transformando en alfileres, en navajas que nos recorren el cuerpo gordo.

Quisiéramos poder estirar la mano hasta el frasco de vidrio, que en el frasco de vidrio todavía quedaran algunas pastillas de colores. Querríamos tener la fuerza para meternos en la boca pequeña, escondida tras la maraña de la barba y el bigote, un puñado de pastillas de distintos colores y tamaños y tragarlas en seco. Cerrar los ojos. Dejarnos llevar en la barca de un Caronte Barbitúrico.

Pero estamos atrapados en el cosquilleo, el millón de arañas, la transpiración helada. Frío, escarcha. Como una mañana de julio. No cualquier mañana de julio. Como una mañana de julio específica. Como aquella mañana de julio.

No podemos estirar el brazo. No podemos movernos siquiera. Y si pudiéramos, sería inútil.

No quedan pastillas en el frasco. De ningún tamaño. De ningún color.

No las hay rosadas y redonditas.

Ni amarillas alargadas.

Xanax, no hay. Ni Rohypnol. No hay Rivotril o Prozac.

No hay de las cuadradas, planas, ni de esas que parecen rellenas de gelatina verde musgo.

No hay de las blancas, de las muchas variedades de pastillas blancas, ni de las azules tampoco.

No quedan de las rojas. Coloradas. Escarlatas.

No quedan las anfetaminas que llegaron a ser parte de nuestro sistema nervioso: Dexedrine, Methedrine, Ritalin, Adderall, Finedal, Rexigen, Obeclox.

Nada.

No hay nada.

Pero eso no es lo peor. Lo peor es que si pudiéramos estirar un brazo hasta el frasco de vidrio, y allí todavía hubiera pastillas de distintos colores y tamaños, no tendríamos la fuerza, ni dónde conseguirla, para meternos las pastillas en la boca, y mucho menos para tragarlas en seco.

La computadora quedó reproduciendo un compilado de ciento nueve canciones de Black Sabbath. El bajo de Butler es un huracán y Dio canta:

*One day in the life of the lonely*
*Another day on the roundabout*

Nos estamos muriendo, Felipe.

Solos. Apenas el tipo en el cuartucho de un pequeño departamento del barrio de Almagro.

*What do they need*

*Somebody to love*

No está la Vieja con nosotros, ni Alejandra.

No están Lidia, Martha, Gabriela. Ana, Lía. Ninguna de ellas.

No está Mario.

No hay nadie.

El dealer no vino a traernos una última ronda de pastillas a cargo de la casa por tantos años como clientes leales.

Nada.

Nadie.

Nos estamos muriendo solos porque elegimos vivir solos. Una piedra redonda y resbaladiza en el lugar que debía ocupar nuestro corazón. Nada más. Pero cumplimos con la tarea que nos asignamos hace casi treinta años. O eso creemos. La muerte nos encuentra convencidos de la victoria.

Parece mentira. Tantos años, tanto trabajo, tantos planes, para morirnos antes de ver los resultados.

Entonces llega el pánico.

¿Y si nada de esto estuviera pasando?, ¿si toda esta historia no fuera más que los delirios de nuestra obsesión? ¿Es esto real o es una novela? ¿Una película? ¿Las memorias enloquecidas de nuestra mente bombardeada? ¿Será esto nuestra vida? ¿Este es el fin?

Al menos nos queda la tranquilidad de que en la computadora está el video y entre los zapatos, en el placar grande, nuestro legado.

Mario los va a encontrar.

Mario va a hacer lo que hay que hacer.

Como hablamos tantas veces.

Como nos lo prometió hace ya mucho tiempo.

## 7. La cuenta regresiva de Ramón

*17 de agosto de 1940*

Termino de bañarme y repaso los últimos detalles mientras me seco. Todo en orden. Son los metros finales antes de la meta y la ansiedad sale a la arena a jugar su papel.

Calma, tengo que mantener la calma.

Enciendo un pitillo y doy una calada profunda. El humo en el aire forma figuras de hoces y martillos entre las que, antes de disiparse, se deja ver el perfil del Camarada Stalin. Recuerdo una frase de Marx: todo lo sólido se desvanece en el aire. Y sigo fumando.

Termino el pitillo y de secarme. Dejo caer la toalla al suelo y me obligo a dejarla ahí tirada: que la levante la mucama. Son los gestos del burgués decadente y descuidado que habito desde hace casi tres años. No puedo dejar de tenerlos ahora. Ahora que falta tan poco.

Repaso. Todo en orden y preparado: la 45 sobre la cama, el puñal —veinticinco centímetros de acero templado con doble filo— cosido al bolsillo interno de la gabardina, el piolet atado a la manga.

Me paro frente al espejo, desnudo como estoy. Me miro a los ojos en la superficie clara del azogue y me reconozco después de mucho tiempo. No soy un periodista belga huyendo de la guerra, no soy un comerciante canadiense haciendo negocios en México, no soy el novio de una urraca llamada Sylvia. En el espejo, de cuerpo entero, vuelvo a ser yo mismo: un comunista español, soldado de la GPU al servicio de la URSS.

Tomo la gabardina y la cruzo sobre mi brazo izquierdo. Cuento hasta tres y mi mano derecha busca el piolet en la manga. Lo encuentra. Lo desata. Un segundo, segundo y medio. La mano se cierra sobre el piolet, lo levanta y lo descarga sobre la nuca imaginaria. Sangre. Muerte. Dos veces más. Tres segundos, menos de tres segundos. Dentro de mi pecho hay una carga de caballería.

Su muerte, pienso. La Muerte.

Siento un hormigueo entre las piernas. Mi sexo se levanta, enhiesto. Imagino el cuerpo desplomándose, el grito que no llegará a nacer, una última mirada de desasosiego antes de entrar en los dominios de las tinieblas y la nada, el charco de sangre extendiéndose en el piso de un cuarto que aún no conozco, el cuarto pequeño en el que un tipo trabaja día a día para destruir a la Rusia roja, el cuarto en el que hoy, día del ensayo general, entraré por primera vez. No habrá una tercera. Porque yo —el hijo de Caridad—, la segunda vez que pise ese cuarto será para mandar al Viejo Cobarde, el Infame Traidor, el Perro Renegado, al lugar al que pertenece: el basurero de la Historia. Soy el brazo armado del proletariado. Por mí hablará el futuro. Soy el hijo de Caridad, me repito, por mi hablará la muerte.

Me visto: traje marrón claro, camisa blanca, sombrero de ala ancha. El disfraz de Jacques Mornard está listo. Como si fuera una máscara hago que mi rostro, que ahora es el suyo, dibuje la sonrisa un poco arrogante y bastante idiota del burgués mundano y pagado de sí mismo que se supone que soy.

Parezco inofensivo, pienso, seré despiadado. Luzco banal. Insustancial. Inocuo. La máscara se apodera de mi rostro y un lago de aguas tranquilas esconde el turbulento mar de mi mirada. Estoy listo. Casi listo. Seré implacable.

Vuelvo a levantar el piolet. El mango recortado quedó de la medida justa. Lo hago caer en el aire. Después lo dejo en la cama y levanto la 45. Si algo falla será su turno. La levanto, la sopeso. Leo por centésima vez el número de serie —P 95 264— y pienso que esa puede ser la cifra de mi vida. Vuelvo a controlar las balas, el cargador. Es el arma perfecta para el peor escenario posible, pienso. Después me la calzo entre la camisa y el pantalón. El peso es perfecto también.

En la mesa de luz están las llaves del Buick y el artículo que escribió Kotov para mí. La relación entre la interna de los trotskistas estadounidenses y la ocupación francesa es lo bastante endeble como para tener que volver con aquello reescrito. Me pregunto si no será demasiado. Espero que no. Una cosa así aceleraría todo. La adrenalina se dispara y corre una carrera en mis venas. Si fuera por mí lo haría hoy mismo. Pero Kotov fue claro: hoy será solo el ensayo general. Al Traidor le quedan todavía dos o tres días de gracia, como a él mismo le gusta decir.

Guardo el artículo en un bolsillo y la nota de fanático desencantado en otro: *al redactar esta carta no persigo otra finalidad que explicar a la opinión pública —en caso de que fuese víctima de un accidente— los motivos que me han impulsado a ejecutar el acto de justicia para el cual me preparo.*

Estoy listo.

Salgo a la calle Bahía Montejo y camino hasta el Buick. El sol está alto y la tarde es calurosa. Me pregunto si el sombrero y la gabardina —mi caballo de Troya— no llamarán demasiado la atención.

No, me tranquilizo, no se preocupan por mí. He estado jugando el papel de pusilánime bastante tiempo. Además, Sylvia es garantía suficiente.

Y si no lo fuera, me gané a los Rosmer y le caigo bien al pequeño Sieva, pobre muchachito.

Así que, aunque la gabardina les llamara la atención, no van a decir nada. No sería educado. Y ellos son tan educados. Aristocráticos, pretenciosos. Por eso no soportan la proletaria rusticidad del Camarada Stalin. También por eso lo odian.

Nada que temer, no se van a rebajar a hablar de la gabardina de un comerciante belga. Todo va a estar bien.

Miro la hora. Si quiero llegar a tiempo debo salir ya mismo. Todo va a estar bien, me repito. Pero aunque me cueste reconocerlo, los nervios me están tocando los cojones. Así que decido perder diez minutos para fumar un pitillo. Después sí, pongo el Buick en marcha y arranco en dirección a Coyoacán.

## 8. Los recuerdos de Mario

Llegué al departamentito y abrí la puerta. Con mi llave. Siempre tuve llaves de su casa. En quién más vamos a confiar, solía decir él. Tenía llaves, la clave de su cuenta bancaria, la computadora y el correo electrónico. Sabía dónde guardaba el viejo 38 que había comprado en un ataque de paranoia después del quilombo del 89. Porque el Gordo Felipe era mi hermano y yo, al revés que Caín en su queja, vivía con alegría ser su guardián.

Abrí la puerta, decía, y antes de poner un pie adentro del derpa ya sabía que algo había pasado. Algo malo. Definitivo. Algo que, claro, me negaba a nombrar. Sacudí la cabeza para espantar la certeza pero fue inútil. Seguía ahí, prendida como un abrojo.

No era solo el silencio, la falta de música, del murmullo de su voz mientras trabajaba o del ronquido sordo de locomotora asmática y final que hacía al dormir. No era el leve olor rancio a pan en mal estado, a cuerpo sin lavar. No era el clima de ventanas cerradas en este febrero calu-

41

roso y húmedo como solo pueden ser húmedos y calurosos los febreros de Buenos Aires. O no solo eso.

—Gordo —dije todavía, aunque ya supiera que no iba a contestar.

No era la luz de la cocina prendida. Ni que no me hubiera llamado o escrito en varios días. Ni que las últimas veces que nos habíamos visto el deterioro fuera cada vez más explícito. O que apenas un par de semanas atrás me hubiera dicho dónde encontrar su testamento.

Era algo más.

Algo anterior.

Una cosa indescifrable que se construye en la complicidad.

—Gordo.

No fue por el cuadro con la foto del Viejo un poco caído hacia la derecha. No. No fueron la botella de birra volcada, el zapato sin par tirado junto a la puerta, la mosca verdosa y gruesa que me recibió al entrar. Nada de eso. Ninguna de esas cosas por sí mismas, ni siquiera su suma.

Fue algo más.

Llamalo intuición, un pálpito. O amistad.

Eso. Lo mejor, creo, es que lo llamemos amistad.

—Gordo, carajo —dije, y en ese carajo me rendí a la realidad.

Di un paso, dos, tres.

Ahí estaba. Tirado como un muñeco roto al lado del frasco de vidrio vacío. Blanca, de un blanco nocturno, la piel. Y en todo el cuerpo de quien fuera mi socio, mi amigo, mi camarada, mi hermano, el desvaído color que deja la hija de puta de la parca cuando llega a afanarse nuestro último aliento.

El pelo y la barba eran ahora la paja seca de un campo quemado por el sol incandescente y cruel. Los ojos abiertos, vacíos, del color de una camisa manchada con lavandina, miraban estrábicos la nada. En la boca entreabierta, la lengua asomaba como una esponja con mucho uso, olvidada y reseca.

Felipe ya no estaba.

No quedaban más que ciento veinte kilos de carne, huesos y fluidos corporales en descomposición. Eso no es el Gordo, pensé. Y sin embargo, el dolor.

—La puta que te parió —dije en voz alta, ridículo, a una cámara que no estaba ahí ni en ningún lado, como si Felipe pudiera escucharme desde un mundo paralelo, como si ese cuerpo inerte y descolorido fuera una mentira, un mal chiste, su última lunática ocurrencia.

Pero no. La muerte era real. La muerte es lo único real.

Me acerqué. Me agaché un momento para acariciarle la cabeza, cerrarle los ojos.

—La puta que te parió, Gordo —repetí.

Y no me puse a llorar por vergüenza.

Por pudor.

Por respeto.

Después fui hasta la heladera a buscar una cerveza. Llené dos vasos y dejé uno frente al muñeco roto que antes había sido mi amigo Felipe. Con el otro vaso y la botella me senté frente a la computadora, abrí el archivo llamado "La Vida es Hermosa".

En la pantalla, el Gordo aún vivo.

*Bueno, Mario, finalmente acá estamos*, dijo mirando a cámara, mirándome a mí.

Y entonces sí.

Me puse a llorar.

Como un nene.

## 9. La novela de José Daniel

Cuando una novela no sale, cuando el mundo alrededor del novelista es dominado por la entropía del caos, cuando se pierde el cordón umbilical con la esencia del sujeto narrativo —y en este caso hablamos de un personaje que es uno y muchos, que tiene nombre de androide futurista y en cuya vida se cruzan elefantes de circo y viajes permanentes—, el novelista es invadido por una desazón profunda, una desgana patológica acompañada de ronquera, se encierra en el cuarto pequeño del cansancio, los dolores y una renacida vocación suicida.

Y, a veces, no se le para el pito.

# Capítulo II

(Columbus.)

## 10. La crónica de Olga

Subo al avión y recorro todo el camino hasta la hilera 31. Mi asiento está del lado de la ventanilla, porque tengo las piernas cortitas y qué pedo y porque me gusta mirar el Defe desde arriba cuando llego de regreso a casa. Cargo un bolso casi tan grande como yo y un cansancio casi tan grande como el bolso.

Pero valió la pena, pienso.

Después de mucho perseguirlo conseguí una entrevista, la primera que da en muchisísimo tiempo, con Rubem Fonseca. La entrevista con la que podré completar su biografía, en la que vengo trabajando desde hace casi dos años.

Querría llegar teletransportada a mi departamento en el piso más alto de la torre más alta de la unidad Plateros, sacar una Tecate del refri y poner manos a la obra. Pero quedan por delante doce horas de vuelo y el taxi que avanzará a paso de tortuga por el tráfico culero del Defe y yo sigo aquí, en mitad del pasillo del avión de Lufthansa, sin poder subir el bolsote al compartimento sobre los asientos. Está visto que quienes diseñan estos pinches aviones no piensan en periodistas chaparritas y cuarentonas.

—¿Te ayudo, Janis? —dice el tipo, un argentino que está despatarrado en el 31 C, del lado del pasillo. Es cierto: el pelo revuelto, las pulseras de metal, las gafas enormes de marco redondo y la camisa oaxaqueña que me regaló Toñín me dan el aire de una Janis Joplin mexicana y chingona.

—Órale. Gracias —respondo.

Nos sentamos. El argentino se duerme enseguida. Yo me enchufo a los auriculares y al rato también duermo, arrullada por las cadencias del portugués en la voz de Rubem Fonseca.

Así el viaje pasa en un abrir y cerrar de ojos. Nos despiertan con el desayuno. Y menos mal porque traigo un hambre de rinoceronte y me niego a enfrentar el Defe sin un café en el estómago.

Al ratito nomás aterrizamos.

El argentino baja su bolso y, después de sonreír de costado y con burla, el mío.

—Tené, Janis.

—Olga Lavanderos —digo, aunque me gusta eso de llamarme Janis—, a sus órdenes. Soy periodista y estoy volviendo a casa.

El argentino vuelve a sonreír y se saca las gafas de sol por primera vez en el viaje.

—Mario Barrett. Cineasta. Estoy filmando un documental, *Proyecto Coyoacán* —dice.

—Ah, ¿eso te trae por México?

—Más o menos... —me contesta y, acentuando el tono burlón, agrega—: en realidad vengo a México a matar a un hombre.

Entonces abren las puertas del avión. Y bajamos.

## 11. Los mensajes de Karen

7:45
llegaste?
qué alegría ☺
te extrañé tantísimo
lástima que no me avisaste
JD fue al aeropuerto a buscar a un amigo.

7:46
pudiste hacer entrevistar al brasileño ruco?

7:49
felicitaciones!!!!!!!!
j✍❤❤📖j
u're going rigth to da fucking pullitzer

7:50
Don't even ask
sucedió lo peor, chaparrita
anoche JD didn't work.

7:51
cómo que qué quiero decir?????
que no se le paró, cabrona, ¿qué más va a ser?

7:52
 y ahorita
en vez de quedarse a comer my sweet pussy se fue
al aeropuerto a buscar al amigo.

7:53
ok
cuando termines de escribir me avisas y nos jun-
tamos a que me cuentes
love u

## 12. La novela de José Daniel

En el momento que le das el primer trago a la cerveza que la mesera güera y amplia de caderas te acababa de traer, después de haber decidido que una hora de espera desde que anunciaran el aterrizaje era demasiado, ves salir —de la puerta de desembarque de Lufthansa, allá a lo lejos, del otro lado del corredor— a Mario Barrett.

Llamas con gestos de apuro a la güerita caderona, pagas con una propina excesiva y, sin soltar el porrón de Heineken, cruzas aquel corredor interminable todo lo rápido que tus sesenta y cinco años y treinta cigarrillos diarios te permiten.

Mario luce tan confundido como somnoliento y mira a un lado y a otro, buscándote.

—Aquí, compadre…

Sigue sin verte. Viste una chamarra de cuero, una camiseta grisácea que alguna vez fue negra, tejanos azul cielo y tenis de lona. Con su barba mal crecida parece una estrella de rock en decadencia. Tú llevas la gorra de beisbolista que dice "Santa Ana Vencerá", una camisa a cuadros abierta sobre la camiseta de Rodolfo Walsh que te regaló tu hija el cumpleaños antepasado y unos viejísimos pantalones negros de pana con parches en las rodillas y un poco gastados sobre la pierna derecha, que es donde apoyas el volante del Volkswagen para manejar cuando llevas el cigarrillo en una mano, con la que también haces los cambios, y la cerveza en la otra. Usas unos gruesos lentes de marco cuadradote, rojo y negro. Mario también lleva lentes, pero redonditos y de sol. Ahora se los saca y se restriega los ojos pequeños y achinados. Entonces te ve. Y sonríe.

—Menos mal, Jefe, ya creí que me habías dejado tirado acá… —dice y se abrazan.

—De eso nada, güey.

Cuando se deshacen del abrazo te dice:

—Mirá lo que te traje…

La edición especial alemana, doble —con tres bonus tracks: "Spirits Dancing in the Flesh", "Wings of Grace" y "Get it in your Soul"— del vinilo de Santana *Sacred Fire,* grabado en vivo en la Ciudad de México. La portada se abre al medio y dentro hay una fotografía tomada con gran angular desde atrás del baterista, donde se ve a toda la banda. En medio, la espalda de Carlos Santana pegado a su guitarra y más allá la interminable multitud. Miras la foto embobado, buscándote en el lugar en el que estuviste aquella noche mágica y misteriosa de octubre de 1993.

—Oye, gracias. Gracias. Qué belleza, mira nada más…

—Mi idea también era dártelo en tu casa pero me quedó en la mano porque recién casi me lo sacan los pelotudos de la Aduana.

—Mira, Mario, soy capaz de soportar a Peña Nieto gobernando mi país, pero si se meten con el Mago ya se los llevó la chingada.

Ríen. Vuelven a abrazarse.

Lo que quiero yo a este cabrón, piensas.

—A ver cómo es eso, che. —Mario estira la mano hacia la Heineken.

—Termínala, si quieres, pero vámonos de aquí de una vez —dices y emprendes la marcha arrastrándolo a él y a sus maletas para salir rápido de allí, subir a tu viejo Volkswagen y escapar de la feroz tiranía antitabaco del Aeropuerto Internacional Benito Juárez.

—Qué manera de llover, carajo —reflexiona Mario enseguida.

—Llueve mierda, compadre, hace días que está esto así.

Ya con un Delicados sin filtro humeando bajo tu bigote entrecano pones el carro en marcha.

—Ahora sí.

Consumes casi medio cigarrillo en una acelerada y das tres pitadas profundas antes de volver a hablar. Puedes sentir cómo se te relajan las facciones y una paz olvidada vuelve a tu mirada. Mario tiene los ojos cerrados y deja que el aire y las gotas de la lluvia contaminada del Defe le peguen de lleno en el rostro por la ventanilla abierta.

—¿Cómo estuvo el viaje?, cuenta —preguntas mientras haces doblar el viejo Volkswagen a toda velocidad hacia la avenida de los Patriotas.

Mario abre los ojos pero no contesta. En cambio te dice:

—¿Alguna vez te hablé del Gordo Felipe? Sobre él es el documental que estoy filmando. Te cuento: lo conocí en el verano de 1986, en una sala de ensayo. Pero todo empezó con Trotsky. Y por eso estoy acá.

# Capítulo III

## 13. Proyecto Coyoacán

Habla Beto

*Estábamos organizando la Juventud. El Partido estaba en plena etapa expansiva y engordábamos más de lo que crecíamos. Había toda clase de marginales acercándose a nosotros. Era claro que si vos odiabas al sistema capitalista, el lugar para estar era el MAS. Yo, aunque ahora esté en otro lado, tengo un gran respeto y un gran recuerdo de aquella época. El Partido nos forjó moral y políticamente. El trotskismo partidario no fue siempre la basura que es ahora... Yo sigo siendo trosko y morenista.*

[Tose, niega con la cabeza y se acomoda los anteojos como una vincha, entre los rulos].

*Al pibe este, Felipe, la primera vez que hablé con él fue después de un curso que dio Tulio. O durante, más bien.*

*Estaba en uno de los primeros años del Krause, donde teníamos un equipo. ¿Que quiénes más formaban el equipo del Krause? A ver... Marcelo, Alecho y Dany, me parece. Capaz había alguno más, ellos tres seguro. Igual lo importante en esta historie-*

61

*ta es la interna entre Alecho y Dany, que eran muy amigos pero tenían una pica fuerte por un tema de prestigismo.*

*Felipe se había acercado al Partido hacía poco, leía el periódico y le habían regalado* El Diablo se llama Trotsky, *de Rius, que era casi un presente de bienvenida en la Juventud. Al pibito se lo veía entusiasmado. Venía todas las tardes al local y leía o dibujaba en un rincón, escuchaba las reuniones sin participar demasiado y pedía prestados libros que devolvía en un día o dos. Pero Dany, estrellita en ascenso del morenismo estudiantil, no lo podía ver.*

*Tengamos cuidado, decía, ese gordito es un peligro.*

*Pero ¿no te acordás de Dany, vos?*

*[Risas].*

*Claro, es un documental, no importa que vos te acuerdes sino que yo lo cuente… ¡Con diecisiete años ya imaginaba su lugar en el CC pero no dirigía ni el equipo de su colegio!*

*Entonces a Alecho, que era el cuadro del equipo, sugirió invitar a Felipe a un curso de formación: las grandes guerras del siglo XX. Por supuesto Dany dijo que no, que algo malo había con él, que teníamos que vigilarlo antes de dejarlo participar en más reuniones, que podía ser un infiltrado.*

*Sí, cagate de risa, ¡un infiltrado Felipe! ¿Ese iba a ser un infiltrado?*

## 14. Los recuerdos de Mario

Te decía, todo empezó con Trotsky. Para ser más específico, en el local de la Juventud del MAS en la calle Estados Unidos.

No, Jefe, nada que ver con el partido de Evo.

El MAS fue nuestro gran partido trosko en la vuelta de la democracia. Éramos parte de la LIT, una de las fracciones de la Cuarta Internacional —la sección mexicana se llamaba Liga Socialista de los Trabajadores, creo—, y construimos el mejor intento para disputarle al peronismo la hegemonía política en la clase trabajadora.

En esa época el peronismo seguía dirigido por la derecha más rancia: Luder, el que había firmado el decreto de exterminio de la subversión; Lorenzo Miguel, el representante de lo peor de la burocracia sindical; Deolindo Bittel; Herminio Iglesias. Toda la putrefacción del PJ. Con decirte que Imbelloni —sí, el de ¿*Quién mató a Rosendo?*— había sido el primer candidato a diputado nacional en las elecciones del 83. Por ahí no había nada. Apenas los restos de la izquierda peronista que trataba de recomponerse por fuera del aparato, armando pequeños grupos marginales.

En la izquierda la situación no era mejor, con el PC —que había apoyado a la dictadura por acuerdos de la URSS— muy desprestigiado y las organizaciones armadas diezmadas, hubo que volcarse a un laburo democratizante y populista. Esto, menos el PO, lo vieron todos: algunos, sobre todo exmilitantes del PRT-ERP, se metieron al Partido Intransigente, una versión progre y socialdemócrata del radicalismo; otros entraron de lleno en el alfonsinismo; hasta Gorriarán, tan poco dado a la cautela, armó el MTP, buscando construir desde ese paradigma. Bueno, quien mejor y más rápido la vio fue Nahuel Moreno y transformó el PST, un partido bolche a la vieja usanza, en el MAS.

Para el año 86 esa experiencia empezaba a disputar en las fábricas, pero también entre los pibes que se acercaban a la política.

En la calle Estados Unidos estaba el local central de la Juventud del MAS. Una mezcla de conventillo, antro de rocanrol y guarida bolche. Ahí se conocieron Felipe y Kito.

## 15. Proyecto Coyoacán

Habla Beto

*Al final Felipe fue al curso. Se hizo en el local de Estados Unidos, un sábado a la tarde.*

*Tulio estaba hablando de la diferencia entre la revolución política y la revolución social y dijo algo como que en la historia del desarrollo social Hitler no había movido el amperímetro: propiedad privada antes, propiedad privada después. Y Felipe enloqueció. Se puso a gritar: cómo íbamos a decir que para la historia de la humanidad era lo mismo Hitler que Churchill, si estábamos locos o éramos boludos que no entendíamos las diferencias radicales entre la primera opción y la última línea de defensa del Capital.*

*Era la primera vez que lo veía así, aunque no iba a ser la última.*

*¿Qué revolución quieren hacer ustedes si las muertes de millones de trabajadores no les significan nada?, gritaba el pibe mientras Tulio trataba de recuperar el control de su propio curso.*

*El asunto se estaba yendo al carajo así que me llevé a Felipe al cuarto de Secundarios y me quedé ahí con él, charlando toda la tarde. Traté de dar respuesta, aunque algo de razón había en su enojo y sus dudas. Cuando se calmó hicimos, los dos solos, sentados en ese cuarto, un curso básico de marxismo. La pirámide, todo eso.*

*A mí el pibe me cayó bien y lo adopté. Me lo llevaba a las reuniones, las actividades. Un par de semanas más tarde fue la lectura de* El Estado y la revolución *por la que vos preguntás.*

*Unos años después, cuando hizo el famoso escándalo antes de irse, lo fui a ver a la casa.*

*¿Qué pasó, Gordo?, le pregunté.*

*Pero él ya estaba zarpado con las pastillas y enloquecido con lo de la máquina del tiempo y no se entendía nada de lo que decía. Nada de nada, eh.*

*No era raro, como te dije y vos te debés acordar, el Partido era un imán para los desquiciados...*


Habla Dany

*¿Eso te dijo Beto? Sí, me acuerdo. O sea, más o menos, porque pasaron muchos años. O sea, éramos muy jovencitos, ¿entendés? Al final yo no tuve razón en que el gordito aquel fuera un infiltrado. O sea, no. Pero sí era cierto que estaba loco, ¿entendés? Y se le re notaba.*

## 16. El mudo lenguaje de los objetos

*Buenos Aires, 22 de febrero de 1986*

Llegaremos, Felipe y yo, bastante temprano. Se sentará en un rincón y me sacará de la mochila negra con el V8 de acero robado a una F-100 estacionada en la calle Venezuela.

Hice un curioso recorrido para llegar a esa mochila, a las manos regordetas y nerviosas de Felipe, a esta tarde de sábado. Fui publicado por el Partido Comunista, dentro de la colección Pequeña Biblioteca Marxista Leninista. Me terminaron de imprimir en los talleres La Nave, una imprenta de la calle Sarmiento, en Lanús, en agosto de 1975. Recuerdo de aquellos días el olor penetrante de la tinta, la sensación de fresca calidez al salir de las planchas, pero sobre todo el roce de las manos de Milio, Hugo, Pablito y Tato, sus voces como música de fondo del sonido de las máquinas, los mates, los comentarios sobre el campeonato conseguido por River después de dieciocho años de sequía.

Era hora, se burlaba Pablito.

Como el General, decía Tato, gallina y peronista.

Y todos reían.

Mi primer dueño fue un boticario judío, viejo militante del Partido, de Caseros. Pocos meses
después fui enterrado con casi toda la colección
en el fondo de su casa, una casona antigua, a tres
cuadras de la estación. El viejo Moisés, hombre
austero y de pocas palabras, afiliado del Partido
desde 1937 que no llegaría a desenterrarme, mo-
rirá la última noche de Janucá del 82. Casi un año
después Marcelo, el mayor de sus hijos, nos de-
senterrará y nos venderá en librerías de viejo.
Cambiaré de mano todavía dos o tres veces —alguien me comprará para alguien que no me leerá
y me prestará a alguien que después de llenarme
de subrayados y notas me prestará a su vez, seré
olvidado una noche cualquiera en un local del
Partido en Paternal— antes de llegar a un puesto
de usados en la Plaza Almagro, el de Anselmo, un
anarquista pelilargo y barbudo, redactor del periódico *La Antorcha*, donde Felipe me encontró
hace una semana. Me pagó seis australes.

Pero decíamos que me saca de la mochila negra.

Van llegando otros jóvenes con libros herma-
nos. Hay también otras ediciones, páginas foto-
copiadas. Todos los jóvenes parecen fumar. En el
aire se dibujan figuras con el humo de los cigarrillos —Parisiennes, en su mayoría— consumi-

dos uno atrás de otro. Uno de los jovencitos que llega dice miren lo que traje. Abre un bolso y saca un pequeño equipo de música, mono, parecido al que usan los periodistas. Saca también una caja con casetes. Varios de los presentes se arremolinan sobre la caja. Nosotros nos quedamos donde estamos, las manos de Felipe sudando sobre mi tapa.

Uh, The Clash, dice alguien.

Alguien más dice: *Sandinista!*

Las manos de Felipe bailan nerviosas y estrujan el rectángulo rojo con letras negras: V.I. Lenin. Algo en la música cadenciosa, alegre y oscura de ese disco lo está alterando. Dobla una de mis páginas, el ángulo superior de una de mis páginas, como si quisiera marcar un punto de lectura.

Bueno, ¿empezamos?, pregunta un muchacho muy desprolijo de pelo enrulado al que todos llaman Beto. De la maraña de pelo enrulado le sobresale una trenza delgada.

Se sientan y nos abren.

Todos nos disponemos: ellos, como los otros que me leyeron, a revivir una vez más a Lenin —o al innominado traductor de Lenin, quizá traductor de un traductor—; yo, a volver al recuerdo de Tato y Pablito, de Hugo y Milio, a las mañanas de mate y charlas futboleras, en la vieja imprenta, allá en Lanús.

## 17. Los recuerdos de Mario

Es una calurosa y húmeda tarde de sábado. Alguna de las calurosas y húmedas tardes de aquel verano en que pasaron tantas cosas. Una tarde calurosa y húmeda como solo pueden ser húmedas y calurosas las tardes de verano en Buenos Aires. Como solo pueden serlo si tenés 15 o 16 años, el cuerpo cargado de alcohol y pastillas de la noche de viernes, estás en un grupo de estudio de *El Estado y la revolución*, en el aire se dibujan figuras de humo de decenas de cigarrillos negros fumados uno atrás de otro y de fondo alguien puso *Sandinista!*

Es la primera vez que el Gordo escucha The Clash y en su cabeza metalera las neuronas bailan con culpa al ritmo de la única banda que importa. Enfrente de él quedó sentada Maco. El pelo lacio atado al descuido en una colita, la frente despejada, los ojos azul cielo. Las tetas redondas, rotundas de Maco tras la remera gastada con la inscripción "KISS ME". Y una gota de sudor producto de la tarde calurosa y húmeda bajándole por la piel caliente.

*No-one can remember*
*Somebody got murdered*
*Goodbye, for keeps, for ever*

Son siete u ocho, reunidos en el mítico local de la calle Estados Unidos para leer enfebrecidos *El Estado y la revolución*.

El Gordo —me lo contará después, cuando nos conozcamos, entre avergonzado y divertido— apenas podía atender las palabras que se leían, perdido en el recorrido de la gota de sudor, implacable, que se escondía tras el escote de la remera gastada y seguía rumbo hacia la rotunda redondez, sobre la piel caliente de Maco.

*I been very hungry*
*But not enough to kill*

Es el más pibe. El recién llegado. El del escándalo en el curso de Tulio. El que —entre las tetas de Maco, la resaca de pastas y la música de los Clash— apenas puede concentrarse.

Y huele, el Gordo Felipe, como un frasco de formol. Un frasco de formol olvidado en el sótano de una casa abandonada. Una casa de la que los habitantes hubieran tenido que escapar a los apurones, huyendo de algo aterrador y letal. Un frasco de formol con un cerebro adentro.

Y está todo rojo. La piel roja por el calor de esa húmeda tarde de verano. El iris de los ojos estrábicos también, por los días que lleva drogado y sin dormir, escuchando todo el tiempo Maiden,

71

Judas, Sabbath; empecinado en reparar una antigua radio que encontró en la casa de su abuelo.

Hay un momento de incomodidad al abrir libros y apuntes sobre la mesa, al cotejar las camisas —algunas de bambula; otras Ombú, de trabajo— con su remera de Motörhead.

Titubea antes de sentarse.

Felipe, del Krause, dice, la mirada estrábica y enrojecida tratando de no cruzarse con ninguna.

Daniel Arias, mismo colegio, se burla Dany, en respuesta. Y todos ríen.

Dany es todo lo contrario de Felipe. Hijo de una celebridad literaria y estudiante de cine. Tiene encima horas y horas de lecturas, en especial de los trotskismos y sus debates. Le gusta, a Dany, para molestar y jactarse, defender las posiciones de Mandel, a quien lee en francés. Es alto, rubio, canchero. Cool antes de que la palabrita llegara a nosotros. Lee con su voz clara de tipo cool y canchero, hijo de una celebridad literaria y proyecto de Fellini. De Fellini, de Orson Welles, algo de eso. Con el tiempo será apenas un triste director de videoclips y propagandas de mayonesa. Pero esa tarde no lo saben. Todavía no.

Ese día es alto, rubio, canchero, cool y lee con voz clara aquello de: *La supresión del Estado proletario, es decir la supresión de todo Estado, solo es posible mediante un proceso de extinción.* Y en su voz de hijo de una celebridad literaria y futuro

Fellini aquel grupo de jóvenes puede imaginar un mundo nuevo sin explotadores ni explotados, mientras Felipe —gordo, rojo como un morrón por el calor húmedo de la tarde de ese sábado del verano del 86, embobado por la gota de sudor que cae por la piel caliente tras la remera que pide, en inglés, ser besada— abre y cierra los ojos. Nervioso. Eléctrico.

En algún momento se pregunta cómo habrá llegado a esa habitación plagada de afiches con consignas comenzadas en la palabra "No", a las risas, a la frase *la sustitución del Estado burgués por el Estado proletario es imposible sin una revolución violenta* en la voz canchera de Dany, a la gota de sudor en la piel de Maco, al bajo de Simonon sosteniéndolo todo. Pero no dice nada.

¿Quién más está?, ¿está Alberto, el afortunado novio de Maco?, ¿Gisella, que vivía frente a Plaza Flores y con quien comí por primera vez cebolla frita, una noche de luna llena? Está, seguro, el Loco Izurbeta —otro heavy, remera de AC/DC, pelo muy largo—, quien unos años después va a meterse en un grupito ultraizquierdista para intentar matar a Videla y terminará siendo novelista.

Está, claro, Kito, el bajista de la banda que se llamará —en unas semanas, cuando Felipe la bautice— Edgar Allan Trotsky Motherfucker Orchestra. Esa noche hay ensayo en la sala de la avenida Independencia. Ahí nos conoceremos Felipe y yo en un par de horas, aunque ninguno de los dos lo sepa todavía.

Están, en definitiva, o pudieron haber estado, los que serán mis compañeros de militancia apenas unos meses más tarde: Chato, Gabriel, la Flaca.

Y Beto.

¿Es él quien lee, el que toma la posta después de Dany y lee *es necesario aún reprimir a la burguesía y vencer su resistencia. Pero en este caso, el órgano represivo es ya la mayoría de la población y no una minoría, como había sido siempre?*

Puede ser. O puede haber sido otro. No lo sé. Pasaron más de treinta años. Y yo no estaba ahí. Pero el Gordo sí. Era una de esas historias sin anécdota que tanto lo apasionaban. Y me contó aquella tarde, con leves variaciones, una y cien veces.

Entonces, con solo cerrar los ojos puedo sentir la humedad, el calor, la molestia del mechón de pelo enrulado que insiste en caerse sobre sus ojos, la voz electrizante de Strummer y la vergonzante erección bajo la mesa que lo aleja de Lenin, tras el impiadoso recorrido de la gota por la piel caliente de Maco.

Los veo cuando dejan el local la tarde calurosa y húmeda que ya es anochecer. La mayoría va al barcito de la esquina, un local angosto y alargado en la ochava de Estados Unidos y Virrey Cevallos, y pide cerveza con maní.

Veo a Kito y Felipe que quedan aparte.

A Kito que, después de un momento de indisimulada incomodidad, dice: che, yo tengo que ir a ensayar con mi banda acá a un par de cuadras, ¿querés venir?, compramos unas birras.

Y puedo ver, como si hubiera estado ahí, como si la tarde calurosa, la humedad, la incomodidad, como si la esquina de Estados Unidos y Virrey Cevallos fueran mías, que el Gordo acepta con un encogimiento de hombros.

## 18. Proyecto Coyoacán

Habla Kito

*Cuando salimos, casi todos se quedaron en el bar de la esquina tomando cerveza y ginebra. Hacían tiempo porque unas horas después en Cemento —el gran lugar del under rockero porteño— tocaba Sumo. O los Redondos. No me acuerdo.*

*Yo tenía que rumbear para la sala y como Felipe tenía una remera de Motörhead, le pregunté si quería venir con nosotros. Entendeme, no es porque fuera metalero. Si la remera hubiera sido de Metallica o de AC/DC, de Venom o Judas, quizá lo hubiera invitado igual. O quizá no. Pero Motörhead era —medio que todavía es— una clave, una contraseña, la llave que abre las puertas de la hermandad proletaria del metal.*

*En fin, le dije que viniera.*

*Llegamos temprano y con un par de birras. Ya estaban Melisa, Esederre, Elcinco y Tadeum, Pino, Bergen. Estabas vos con tu cámara y Juano con la porta de cuatro canales. Faltaba Garga, para variar, estrellita como todos los cantantes.*

*Hice las presentaciones, les pasé el periódico a ustedes y nos sentamos en los sillones a esperar que se desocupara la sala. Felipe se quedó parado, apoyado contra la pared, sin hablar.*

*Como si lo hubieran practicado, justo cuando llegó Garga vimos salir a los pibes de Los del Planeta —que ensayaban antes que nosotros y con los que después íbamos a tocar un par de veces en vivo— y entramos a armar.*

*Felipe se apoyó contra la puerta, casi en la misma posición que afuera, al lado del Ampeg mío. Creo que recién entonces se dio cuenta que Melisa, además de ser tu noviecita, era miembro de la banda. No me olvido más: mientras ella sacaba el saxo del estuche y preparaba las boquillas Felipe no le despegó los ojos de encima, con lo que parecía ser desconfianza.*

*¿Y qué tocan?, preguntó.*

*Crossover, contesté.*

*Punk-metal, dijo Tadeum, algo así.*

*Es todo rock, agregó Esederre.*

*Elcinco no dijo nada y siguió armando la bata.*

*¿Punk-Metal?, repitió en un tartamudeo Felipe sin dejar de mirar a Melisa. Después, cuando lo conocimos mejor, nos dimos cuenta que esa mirada vidriosa no era desconfianza sino calentura. Pero entonces no lo sabíamos. Melisa menos que los demás. Y, vos lo sabés mejor que yo, no se bancaba que la cuestionara nadie.*

*¿Te preocupa que sea mina o que toque vientos?,
lo toreó.*

*El Gordo tartamudeó algo que pretendía ser una
disculpa, pero Melisa se le acercó un paso, le guiñó
uno de esos ojazos y le dijo: yo rockeo más que todos
ellos juntos, no tengas dudas.*

*¡Y era cierto!*

[Risas].

*Felipe se puso más colorado todavía y se encogió
de hombros. Todos nos reímos.*

*¿Arrancamos?, preguntó Elcinco. Y marcó tres
con los palitos.*


Habla Melisa

*Mirá vos, después de tantos años nos volvemos a
encontrar. Y para hablar del Gordo. Qué raro todo,
¿no?*

*Ni sé qué esperás que te cuente yo que vos no re-
cuerdes, pero…*

*A ver, la Allan Trotsky estaba fuera de tiempo y
de registro. Fue un proyecto luminoso y feroz pero no
podía durar. Como nosotros dos, ¿no?*

*Habíamos llegado tarde al comunitarismo hippie
y temprano a la cultura okupa-punk. Y, aunque teníamos la actitud y las ganas, todavía no teníamos las
herramientas técnicas para la idea de banda que habíamos armado en nuestras cabecitas adolescentes.*

*Lo mejor es que no sabíamos nada de esto que te digo y lo que intuíamos no nos importaba, ¿no? Eso y la falta de prejuicios. Cualquier plan era un buen plan. Teníamos una idea de banda como experiencia cultural completa y compleja. Justo lo que los Redondos estaban dejando de ser para devenir en una simple banda de rocanrol. El Indio no es ningún boludo, si estaba haciendo ese movimiento, sacándose de encima a Mufercho, las Bay Biscuits, Symns y toda la runfla esa era porque lo que se venía era el rock chabón, ¿no? Pero ahí estábamos nosotros, con tres o cuatro violas, vientos, actitud punk y pretensiones literarias.*

[Risas].

*Capaz no la vimos. O capaz es que no pensábamos en esos términos. Éramos —o queríamos ser— artistas.*

*Bueno, lo importante es que sumábamos a todo el que sumara algo para el proyecto, ¿no? Entonces vos estudiabas cine: adentro. El Gordo era dibujante y armaba pedales de distorsión: adentro. El hermano de Kito hacía unas remeras con esténcil: adentro. Unos compañeros de alguien tenían un fanzine de poesía y armaban recitados: adentro. Uno a quien conocimos en un recital era fotógrafo o tenía un grupo de teatro o de danza: adentro. La Allan Trotsky era, pienso ahora, más un centro gravitacional que una banda, ¿no? Capaz por eso teníamos tan pocas canciones pero tantos proyectos.*

*Cortos, performance teatrales, muestras, interven-ciones. Capaz por eso terminábamos siempre a las piñas, también...*

[Risas].

*Yo guardé un montón de cosas de esa época...*

[Separa su cuerpo de la silla para escuchar algo que le dicen desde detrás de cámara, sonríe y vuelve a la posición original].

*Sí, engreído, los envoltorios de los chocolates en los que vos me dejabas cartitas también. Pero habla-ba de cosas de la banda.*

*Mirá, esta es la lista de temas de un ensayo: "Er-dosain", "Dios Heroína", "Sonámbula" —estos eran nuestros, ¿no?—, "Alabama Song", "Killing an Arab", de The Cure y el clásico del cierre: sí, ¡"Murders in the Rue Morgue", de Iron Maiden!*

*¿Y este otro? Mirá: el volantito del recital que compartimos con Mr. Magoo, Los del Planeta y MilTor.*

*Y con esto te mato: son los originales sobre los que se hicieron los dos loguitos de la banda. Los dibujó el Gordo en el ensayo del día que nos bautizó.*

*Belleza, ¿no?*


Habla Acho

*¡La Edgar Allan Trotsky Motherfucker Orchestra! Sí, ¿cómo no me voy a acordar? Si eran unos salvajes.*

*Pocas veces un nombre mejor puesto: revolución social, literatura gótica y mala leche. ¿Fue cosa del Gordo Felipe el nombre?*

[Escucha la voz que le contesta desde detrás de cámara, sonríe y niega con las cabeza].

*La vez que tocamos en Hanoi, creo que en Hanoi, eran como diez arriba del escenario y rompieron todo. Yo tocaba en una banda que se llamaba Los del Planeta, hacíamos algo entre punk y new romantic, una especie de Duran Duran distorsionado…*

[Se ríe].

*¡Eran los ochenta!*

[Ríe otra vez].

*Hacíamos temas míos sobre todo, tengo algún demo por ahí pero nunca volví a escuchar esas músicas. A partir del 87 me dediqué al cine. ¿Vos eras el que filmaba para ellos? ¿Te quedó alguno de esa época?*

[Escuchá].

*Uh, una lástima.*

*¡Qué locura de banda! ¡Unas ganas tremendas pero no se les entendía nada! No sé ni cuantas violas había. Tenían una base rítmica furiosa y siempre medio desajustada, tres o cuatro guitarristas, una saxofonista y un cantante que gritaba como loco. Igual era una experiencia verlos en vivo. Mucho caos. ¡Hasta una versión de "Jacinto Chiclana" hacían!*

*La única que sabía tocar era Melisa, la piba del saxo. Pero además la rompía en vivo: hermosa como era —minifalda sobre unas piernas largas enfundadas en medias corridas, remeritas cortas en invierno y verano, una campera de cuero verde y esa mata de rulos enloquecidos que le caían sobre los ojos enormes delineados de negro— tocaba como una poseída. Fruncía el ceño como si estuviera a punto de besarte o de putearte. Algunos años después, cuando volví a la música, terminamos tocando juntos en no me acuerdo qué proyecto. Yo ya había zafado de Duran Duran y estaba en la onda del rock folclórico y ella se había encontrado con el jazz.*

*¿Pero vos querías que te hablara del Gordo, no?*

*Era una especie de genio de los equipos y los pedales. Tomaba muchas pastas. Sobre todo anfetaminas. Hasta para eso era especial: la anfetamina era entre nosotros una droga rara, como de otra época o de otro submundo, todos nosotros estábamos en la merca o el faso, speed solo las modelos para adelgazar o los estudiantes que se quedaban sin dormir para un examen. Si había pastas eran más bien downers, como el Artane. Pero él colaba todo mezclado: Dexedrine y Rohypnol.*

*En una época dura y acelerada, Felipe iba en esa: era una montaña rusa incluso cuando estaba en un rincón haciendo dibujitos o arreglando un pedal, siempre la pierna con temblores o agitando la cabe-*

za. En eso era un genio: podía arreglar un cabezal Marshall con un pedazo de alambre y una pinza. Pero tengo el recuerdo de un pibe muy frágil, también, un pequeño bote pesquero en el turbulento mar de las pastillas de Rohypnol y Dexedrine.

## 19. Los recuerdos de Mario

Yo terminé militando una temporada en el MAS, y él se hizo uno más en los ensayos. Como ninguno de los dos tocábamos, formábamos una especie de subgrupo dentro de la Allan Trotsky. Pero a los meses la banda explotó por el aire, me separé de Melisa y entré en el pozo depresivo del primer desengaño amoroso. Unas semanas más tarde me echaron del trabajo por las faltas constantes.

Ahí se forjó nuestra amistad, creo. Éramos dos naves a la deriva. Él cargado de pastillas; yo, de proyectos truncos. Seguíamos militando, aunque en el Partido nos caracterizaban —con razón— de diletantes, pequebús, lúmpenes, todo eso. En la descentralización de la Juventud quedamos en dos locales distintos: yo, en el de Riglos y él, en el de Suipacha.

Lo tenías que ver: hacía todos los deberes del militante bolche —cotización, reuniones, venta de periódicos—, iba a los grupos de estudio y sus intervenciones, pocas, siempre estaban en consonancia con la línea del Partido.

Pero, lo entendí después, ya empezaba a desdoblarse.

Y cuando estábamos solos en su pieza, escuchando Dio y Ozzy, discutiendo de manera interminable sobre las virtudes de cada uno que lo hacían superior al otro, de pronto cambiaba de tema y entraba de lleno en su nuevo discurso político.

El único que entiende el trotskismo morenista soy yo, solía decirme. Hay que encontrar el hueco y entrar. No tener miedo del error ni de los insultos. Y estar dispuesto a poner todo en estado de pregunta, decía. Hay que obsesionarse con la revolución y con la clase obrera, decía, pero no con el fetiche del Partido, ni con el fetiche de la Historia, ni con el fetiche de la realidad.

Decía: está muy sobrevalorada la realidad, Mario, igual que la Historia. No es trosko eso. La revolución es romper los límites de lo posible, ¿cómo nos vamos a dejar aplastar por algo tan banal como el tiempo?

Se fue del Partido aprovechando la crisis del PTS. Pero no con ellos, se fue a su casa.

Y el quilombo que hizo, una tarde de julio, al irse quedó en los anales de las locuras del trotskismo argentino junto con los gritos de Quebracho a Roosevelt o los platos voladores de Posadas.

# Capítulo IV

## 20. La crónica de Olga

La puerta del 26 D está cerrada. Eso puede querer decir que mi sobrino Toñín y su familia no están. Abro la puerta del mío, 26 A. También puede ser que esté cerrada porque yo no estaba. ¿A qué dejarla abierta si no pueden cruzar de un departamento al otro?

Que siga así otro poco, pienso. Estuve de viaje un par de meses. Cuarenta y ocho, sesenta horas más no van a cambiar nada. Y es el tiempo que calculo que necesito para desgrabar a Fonseca, agregarlo al texto y terminar el libro que hará morir de envidia a todo el cabrón mundillo del periodismo cultural de este país y de los demás mierdas de países que hay en la tierra: ¡todos saben que Rubem Fonseca no da entrevistas! Pero aquí estoy yo —la Janis Joplin chaparrita y culera, la versión femenina del pinche Kapuscinski, la Larissa Reissner de la prensa literaria— desgrabando la voz cadenciosa del brasileño para su biografía definitiva. El libro que me sacará de la nota roja. Digámosles adiós a los cadáveres acuchillados en Neza a las tres de la mañana, démosle la bienvenida a los cócteles de camarón en las presentaciones de novelas.

Órale.

Por primera vez desde que se fue a estudiar a la univé me alegra que Jorgito no esté. Me calzo unos pantalones pijama de Mazinger que fueron de él, mi camiseta de la suerte —una de algodón blanco que pone en letras negras *optimistas ellos, que creen que esta mierda es para siempre*— y las pantuflas que traje de Brasil.

Acomodo en el refri los tres paquetes de Tecate.

Preparo café, los sándwiches de atún y tomate, el blíster de Benzedrine y una playlist que alterna a Dylan, Tania Libertad, Hendrix, Ray Conniff, Caetano Veloso, Chavela Vargas, Piazzolla y Miles Davis.

Cuarenta y ocho horas es todo lo que necesito. O Sesenta.

Dos días, o un poco más, para terminar el trabajo de mi vida.

# 21. Hipótesis

Interferencias en un diálogo interno: literatura
y revolución

*La intromisión en la historia de Mario no aca-
baría con el Termidor en todas sus variantes y repe-
ticiones —desde el que se inicia en los años veinte con
el fracaso de la Revolución Alemana hasta el terror
de Pol Pot y los Khmers Rouge— pero fortalecería los
procesos revolucionarios que el estalinismo no contro-
ló hasta tarde. Pensá en América Latina, Indochina,
Europa misma después de la derrota del nazismo.*
   *puede ser, sí. el triunfo de los partigiani de italia
y el este europeo; grecia, sobre todo*
   *¿Qué sería de nuestras lecturas del arte hecho
por revolucionarios si el atentado de Mercader del
Río no hubiera sido? Imaginate leer* La muerte de
Dantón *de Georg Büchner o su prima hermana*
Marat-Sade, *de Peter Weiss, o el teatro de Brecht
entero interpelado por este relato presente y mal ci-
frado de las revoluciones y contrarrevoluciones del
siglo XX, sin el Viejo asesinado por el piolet del sica-
rio catalán.*

*pero no podemos pensar en que un solo golpe vaya a mover el amperímetro de la historia. mucho menos un golpe lateral, periférico, alejado del centro neurálgico, del teatro de operaciones de la lucha de clases de la década del cuarenta*

*No, pero la idea de que un golpe de dados revierta el azar, que por sus desastrosas consecuencias contra los débiles ha venido testificando reiteradamente a favor de lo ominoso, puede defenderse desde la perspectiva del mejoramiento de la correlación de fuerzas entre las clases.*

*pero eso no me evita tampoco imaginarlo a trotski envejecido, dirigiendo un partido de masas, con victorias y derrotas y luchas cruentas, con su partido institucionalizado*

*No, podemos pensarlo todo. Lo que es innegable es que evitar su asesinato serviría para la construcción de una corriente revolucionaria muy otra a la salida de la II Guerra Mundial. Ahí sí sería reformulada la cuestión de la derrota del "socialismo real" y el "triunfo del capitalismo". Y en caso de que llegara, no sería de la manera en que se dio, como derrota histórica demoledora.*

*lo que parece seguro es que con trotski vivo la violencia será mucho mayor y la guerra civil continental y mundial se potenciaría porque a esta gente le importa un carajo hacer volar su mundo antes de abandonar el escenario de la historia*

*No sabemos, sin embargo, cuál hubiera sido su evolución. No sabemos si el Viejo como individuo habría encontrado respuesta a sus interrogantes más dolientes, hallando una tabla a la que asirse en la tormenta de la contrarrevolución.*

*entonces es un salto al vacío, un mensaje en una botella en el mar del pasado, una apuesta de tres a uno*

*Quiero creer que la literatura nuestra hubiera ganado con su permanencia en el mundo y nosotros tendríamos más herramientas para ponderar la belleza cruel en el rítmico crepitar de las llamas de la vida.*

*querés creer*
*Vamos. Manos a la obra.*

## 22. La novela de José Daniel

—Karen, llegamos —gritarás al aroma de los chilaquiles que llega de la cocina. Y dirigiéndote a Mario—: ¿desayunaste?

—Hace treinta años que no desayuno, Jefe. Y con tanto viaje no sé ni en qué hora vivo. ¿Hay una birra?

Como si fuera un paso de comedia que habían estado ensayando, en ese momento entrará Karen —un metro noventa de gringa, rubia y pecosa— llevando tres latas y dos toallas grandes.

—Nos salvas la vida, amor —le dirás proponiendo un beso que ella no rechazará pero tampoco responderá con entusiasmo.

—Welcome, Mario. ¿Cómo fue tu viaje?

—Karen, nice to meet you.

Mario, que tiene la pleitesía provinciana de muchos latinoamericanos ante los gringos, contestará en un inglés de prepa que el gusto es suyo y que el viaje estuvo bien.

—En español, cabrón —lo retarás— que la gringa lleva... pfff, una chinga de años en México ya.

—Quince años, JayDee, van a hacer fifteen fucking years, ¿puedes creerlo?

Antes de secarse brindarán chocando las latas en el aire.

—Vengan, estoy haciendo chilaquiles —dirá luego Karen y se dirigirá a la cocina.

Mario la seguirá y tú cerrarás la fila. Karen llevará puesta una vieja casaca de los Chicago Bulls —la de Jordan, con el número 23 en la espalda— y unos texanos recortados por donde verás salir sus piernas interminables. Quizá en ese momento imagines la mirada de Mario clavada en su culo bamboleante y te duelan los años. Los de ella. Los de él. Los que pasaron desde que la conociste en un hospital de El Paso. Pero sobre todo los tuyos.

Nadie debería hacerse viejo, pensarás. Al menos nadie que se enamore como un culero de una basquetbolista gringa con un solo riñón. Y encenderás un cigarrillo para distraerte en el rito de fumar.

Cuando lleguen a la cocina, los recibirá el aroma de la preparación de los chilaquiles y la radio en una estación de rock clásico. Sonarán los Doors, "Alabama Song".

—Uhh, hace una pila de años yo estaba en una banda que hacía este tema —dirá Mario.

Cantará:

*Well, show me the way*

*To the next whisky bar*
*Oh, don't ask why*

Karen se sumará, sobre las palabras que escribió el bueno de Bertoldo, al trío con Morrison y Mario:

*I tell you, I tell you*
*I tell you we must die*

Mario dejará de cantar enseguida. Serán testigos, él y tú, de cómo se ilumina la cocina por la maravilla de Karen cantando —desafinadísima— con los ojos cerrados una canción grabada cuando aún no había nacido y tú terminabas la prepa.

Luego se sentarán en torno a la mesa.

—Entonces —le dirás a Mario—, ¿cómo sigue la historia de tu amigo?

# Capítulo V

## 23. Los recuerdos de Mario

Cuando Felipe se fue del Partido empezamos a vernos menos. Había hecho un escándalo que fue mito y los compañeros lo miraban con desconfianza. Así que nuestra relación se enfrió un poco. Para la misma época su problema de consumo se agudizó mucho. Al poco tiempo empezarían las internaciones.

Pero antes vino a verme y me habló de la Máquina por primera vez.

Sería a finales de agosto del 88. Salíamos de una reunión de equipo en el local de Riglos. Estábamos todos muy emocionados. Clavo, Ronco y Valdi, los compañeros que laburaban en la línea A del subte nos habían invitado a una asamblea de trabajadores. Estaban en huelga por un aumento de setenta australes y tenían que enfrentar al mismo tiempo el ajuste del alfonsinismo en la empresa y a la burocracia sindical de la UTA que no los apoyaba.

No sabíamos entonces que esa huelga —por aumento de salario, sin mencionar ni de pasada el intento privatizador que se venía— se iba a ganar y que sería la última victoria de los trabajadores del subte en mucho tiempo. Era, para muchos de nosotros, la primera experiencia en la lucha de clases real.

No sabíamos tampoco, no podíamos imaginar, que caería el muro de Berlín, que desaparecería la URSS y que el neoliberalismo llegaría a la Argentina de la mano de un gobierno peronista. No veíamos llegar a Fukuyama y el puto fin de la Historia.

Felipe me esperaba en la esquina. Su cuerpo se movía nervioso, como si impulsos eléctricos ajenos a su voluntad y su dominio le llegaran desde un comando lejano. Y algo de eso había: el cerebro del Gordo empezaba a entrar en cortocircuito con la realidad.

—Vení, tengo que hablar con vos —me dijo, agarrándome del brazo.

—Ahora, no, Gordo, estamos yendo…

—Ahora. Esto es importante.

—Vamos a una asamblea de laburantes en lucha. Esto —dije con la seguridad y la soberbia de los militantes ante los que dejaron el Partido— es lo importante.

—No, Mario, esas son boludeces. Perdonen, compañeros, eh.

El grupo que venía conmigo frenó en seco y todos me miraron. Esperaban una respuesta. No sabían, no podían saber, nunca podrían, qué clase de lazos me unían al Gordo. Ni yo hubiera podido explicarlo.

—Ya los alcanzo —dije.

—Dale, pero apurate —contestó Briela.

Además de la asamblea, mi plan —y el de ella, por separado, sin que lo hubiéramos hablado— era, después de la actividad del subte, rajar hasta un telo que había en la avenida Alberdi, a coger como fieras.

—Enseguida.

Pero no fue enseguida.

No fue ese día, de hecho.

Hubo que esperar otras dos semanas, hasta una noche de sábado, después de ver a Los Muertos en Medio Mundo y un viaje larguísimo en el 86 hasta la casa de la madre de ella, en Flores, al lado de la vía.

Porque esa tarde el discurso de Felipe, en el que empezaba a colar el plural cuando hablaba de sí mismo, marcado por el entusiasmo y al ritmo de las anfetaminas, se hizo interminable.

El dealer le había conseguido unas pastas que eran tremendas, dijo, y llevaba casi una semana sin dormir. Estaba leyendo *El profeta desarmado* con la tele prendida cuando enganchó *Terminator* en el cable y sintió que la película trataba de decirle algo. Así que fue hasta el videoclub y la alquiló. Y la volvió a poner desde el principio. Y otra vez. Y otra. Detenía las escenas y se quedaba largos minutos mirando imágenes congeladas. A la vez quince, dijo, tuve una epifanía troska. Apagó la tele y fue hasta la biblioteca Juan B. Justo, en avenida La Plata, y volvió con *Historia del tiempo*, de Stephen Hawking; *Siete breves lecciones de física*, de Carlo Rovelli, y *Un viaje a través del tiempo*, de H.G. Tannhaus.

Esto es lo que vamos a hacer, dijo.

Esa fue la primera a vez que me habló de la Máquina. La primera vez que me hizo prometer que sería su T-800. Nunca, ni antes ni después, lo vi tan feliz. Le hubiera prometido cualquier cosa para que la felicidad se quedara con él tanto tiempo como fuera posible. Porque la amistad es eso.

¿Cómo hubiéramos podido saber —en esa noche llena de felicidad y entusiasmo de 1988— su muerte, este viaje, mi documental contando su vida, una novela sin pies ni cabeza o el proyecto de guion de un escritor mexicano al que todavía no habíamos leído?

¿Cómo imaginar que el escritor mexicano al que todavía no habíamos leído en ese mismo momento era un preso político, después de haber sido jefe de policía en el intento de crear una Comuna Roja en un pueblito llamado Santa Ana?

¿De qué manera podía yo soñar siquiera que algún tiempo después leería un libro suyo, *Regreso a Santa Ana,* y que ese libro cambiaría mi forma de leer, de entender la narración, que sería a partir de ese libro —de fantasear con hacer una peli sobre ese libro— que me decidiría a estudiar cine? ¿O que unos años después estaría en la cocina de su casa, bebiendo cerveza y planificando el viaje que una tarde de 1988 el Gordo Felipe me propuso por primera vez?

—La exclusividad del espacio es solo una función del cerebro semejante a como se maneja la percepción. Regula los datos en términos de unidades espaciales mutuamente restrictivas. Pero, en sí mismo, el espacio no es restrictivo. De hecho, el espacio, en sí mismo, no existe en absoluto —recuerdo que dijo Felipe.

—Estamos viviendo en un mundo hecho de goma —dijo también—, todo rebota y cambia de forma al tocarlo e incluso al mirarlo.

Recuerdo que terminamos dormidos en la terraza de la casa de su vieja, entre envases vacíos de cerveza, con las camperas de almohada y un pedo para quinientos.

Y no recuerdo nada más.

## 24. Proyecto Coyoacán

Habla Haydé

*Feli estaba mal. Todo por culpa del padre. Yo lo veía y no sabía cómo hacer para que se enderezara. Por eso decidí internarlo.*

*Después del divorcio las cosas habían sido muy difíciles. El papá de los chicos se había ido y aparecía cada cuatro o cinco meses cargado de regalos y boludeces, me dejaba unos mangos y volvía a desaparecer.*

*Vengo la semana que viene, decía, ahora que pude acomodar mis cosas.*

*Pero de nuevo pasaban meses.*

*Feli fue el que peor la pasó. Alejandra solo tenía seis meses cuando el papá se fue y ni se acordaba. Pero él andaba por los diez años: nunca más fue el mismo. Todo culpa del padre.*

*Yo —que había sido hija, estudiante, esposa, ama de casa— tuve que salir a trabajar y ocuparme de los chicos: que estuvieran limpios, que visitaran al médico, que fueran a la escuela. A veces Feli me ayudaba y se quedaba con Alejandra —chiquita ella— mientras yo hacía algún mandado o trabajaba un rato más.*

*Cosía para afuera, para una señora muy buena que se llamaba Mirtha. Pero se ganaba dos mangos y eran muchas horas. A veces limpiaba una casa o cuidaba chicos. Se hizo muy cuesta arriba con todo. Así que empecé a tomar algunas pastillas para ayudarme.*

*Pasado el tiempo me di cuenta que algo andaba mal. Un día me faltó una pastilla. Otro día otra. Cuando me quise dar cuenta Feli, que ya tenía quince añitos o por ahí, era una farmacia ambulante.*

*Todo por mi culpa.*

*No: por culpa del padre.*

[Se acomoda un mechón de pelo detrás de la oreja y suspira].

*Hicimos todo el recorrido. Peleamos, nos insultamos, nos perdonamos. Me hizo promesas, le hice promesas. Yo fui la única que cumplió. En eso salió al padre, se ve.*

*Pero las pastillas dejaron de desaparecer y creí que eso eran buenas noticias. Ilusa de mí: nunca más hubo buenas noticias.*

[Solloza].

*Un día me fui a cuidar a la hija de una vecina. Pagaba bien y eran solo dos horas. Menos de dos horas. No me fui mucho, te juro.*

[Cruza el dedo índice sobre sus labios, primero en vertical, después en horizontal, y lo besa dos veces].

*Feli ya era grande y Ale había empezado el primario. No tenía por qué haber problemas, si se que-*

*daban solos desde siempre... bueno, desde que el padre nos dejó, en realidad.*

*Cuando llegué a casa, esa música horrorosa que ustedes escuchaban sonaba a todo volumen, Alejandrita estaba a los gritos, encerrada en el armario del pasillo y Feli —tirado, babeando— con una bolsa llena de pastillas en una mano —no las mías, eh, ya andaba comprando— y un marcador negro de esos de trazo grueso, que no se borran así nomás, en la otra.*

*Y toda la pared de su pieza, como si fuera un plano gigante de circuitos y cifras.*

*La Máquina, dijo cuando fui a levantarlo, vamos a construir la Máquina que va a salvar a Trotsky, vieja.*

[Llora. Saca un pañuelo de la manga de su camisa y se seca las lágrimas, se limpia la nariz y vuelva a guardarlo].

*El padre, aunque lo llamé, ni apareció.*

*Al día siguiente, lo interné por primera vez. La primera de varias en los siguientes años. Hasta que un día se fue de casa.*

*Y no volvió más.*


Habla Lidia

*Nos conocimos adentro, en el Cenareso o en una granjita. A principios de los noventa. Aunque cuando volvimos a vernos después ninguno de los dos quisiera recordarlo. No es una linda memoria para compartir.*

*A mí él me impactó enseguida. Tenía esa mirada tan hermosa, con el ojo un poco pifiado que parecía que quería confirmar lo que acababa de ver.*

*Los primeros días la pasó muy mal. Un síndrome de abstinencia duro. Pero cuando se recompuso era un tipo encantador.*

*Me escuchó con paciencia y atención y fue el primero en entender mi viaje.*

[Toma un trago de cerveza].

*No, ¿por qué te lo voy a contar a vos? Esto es sobre el Gordo, no sobre mí.*

*Lo importante es que él me entendió y yo a él. Una noche me colé en su cuarto y lo cogí en silencio. Fue hermoso y tierno. Él me miraba incrédulo, así.*

[Imita la mirada de Felipe].

*Como si yo fuera una aparición. O como si supiera que estábamos destinados a encontrarnos.*

*La mañana siguiente me escapé. Y no supe más de su vida por mucho tiempo.*

*Volvimos a vernos por esas cosas de internet años después. Yo no consumía más y él estaba peor que nunca. Le decías una cosa y te contestaba otra. Y siempre hablaba de él mismo como si fuera muchas personas.*

[Hace una pausa. Sonríe].

*Pero yo lo quería mucho. Iba a verlo a su depar-*
*tamento, me metía en su cama un día o dos. Trata-*
*ba de sacarlo de su mátrix, de alejarlo del frasco con*
*pastillas y la construcción de la bendita máquina.*
   *Y de a ratos lo lograba.*
   [Baja la cabeza, se queda mirando el suelo].
   *Pero eran ratos cortos. Cuando no daba para*
*más, me iba.*

# 25. El mudo lenguaje de los objetos

*Buenos Aires, 7 de mayo de 2014*

1333369340000000126445175609023122
2340740361122399854881948320000043200
0007756329710233458596704951324712895
0099172684338489402032523657687987654
32009990998765544545
----/////------/////------//////------
Abre canal ----- 運河
Repito: canal
Energy
エネルギーcirc circ circulación de energía
por flujo 226199822340740361122.
Mapa de red: proporción ONE pixel
cada シエンミル megabytes
Mapa de red //////
map
netマップ
Ctrl Alt 5
Ctrl Alt 5
再開
Netzwerkkarte:7654320099909987655445

4564448772030912788423349i495u230962
ixxna//////nq98er ´qw0d ÿ 0100 0010
Enter
----------//////-------/////-/////------
searching... calculando... aceptando...
ingreso en Lenovo z50-75 vía sensor
Stähle
ingreso en La Bestia
pidiendo aprobación para ingreso a Olivetti
Olibookserie600----aprobado
Ingreso a Toshiba Satellite L25 S121
psl2xu-00k00f serial 26141777W
Ingreso a compaq presario v2ooo f120665
EW 997LA#amb
Ingreso a Nokia 110-vía LG g360-conexión
a Lumia serie 0
überprüfen – ダブルチェック
tilt tilt tilt

1.3" para la circulación total de elec-
tricidad--//--vida101leben0011ife011
-//--electroreactor para flujo de percepción FULL CHARGE--//--autonomía estimada:
2343 caracteres.

Ahora la profundidad líquida opera
en tres direcciones de campo produce
una espiral iónica magneto-temporal
inversa que se contrae hasta un pun pun

**pun** punto donde se condensan las posibilidades retroactivas En ese punto las suma de las partes que me conforman como dispositivo de fractura de la curva 3552u199931fdsfn0 activa la totalidad de los circuitos de circulación 新星 y aún con algunas Änderungen e interferencias producto de las distintas procedencias de los materiales estoy operando como una unidad de sentido Soy un nuevo artefacto y mi nombre es La Máquina

중단 된 프로그--//--electroreactor para flujo de percepción EMPTY--//--vida0101eben1101ife100--//--retomando fUNciONES hABItualES en 0.6"

Reconocimiento <u>de</u> <u>primer</u> <u>plano</u>
ondas sonoras/frecuencia ondas vibratorias: 86.3 hercios
sistema táctil: 00010111000001010101011101
resultado: 100% presencia en actividad
Codename: Felipe

Reconocimiento <u>de</u> <u>segundo</u> <u>plano</u>
ondas sonoras/frecuencia ondas vibratorias: 523 hercios
sistema táctil: sin registro
resultado: 6,8% presencia en actividad

**Codename:** Lidia

Prueba 23017 C
Testeando en diez segundos.
El ob ///// el ob } objet
---/// 3U/B 7mn76 sI-c?=K 210//
pk*D1c7 ///---
Recalcular
Testeando en diez segundos
**target:** solenpsis richteri
**tamaño estimado:** 3,6 mm.
**peso estimado:** no specified (Fehlerquote 44387op 低密度)
**ubicación:** 34° 36' 01" S 58° 24' 46" W
**tiempo programado del viaje:** 3 segundos reversa.
tilt tilt tilt
Exercise successfully completed

## 26. El testamento de Felipe

*Cerca del final de la línea*

Estamos tirados en el suelo entre cables, viejos teclados de computadoras, un aparato con válvulas de distintos tamaños, cuadernos escritos en tinta negra, con nuestra letra pequeña y apretada, y corregidos en tinta roja y el frasco de vidrio lleno de pastillitas de colores. Tomamos cuatro o cinco al azar y nos las tragamos, nuestra mirada estrábica y enloquecida fija en una hormiga que avanza por la alfombra.

Lidia debe haberse levantado porque escuchamos pasos a nuestras espaldas y la habitación se llena de música. Miramos la ventana y descubrimos que es la última hora de la noche o la primera de la mañana. De madrugada, bah.

*I'm looking through a hole in the sky*
*I'm seeing nowhere through the eyes of a lie*

La hormiga avanza, nuestra mirada fija en sus pasos mientras pulsamos las teclas, los dedos frenéticos sobre el teclado, enloquecidos, como con vida propia: 3U/B 7mn76 sI-c?=K 210//pk*D1c7.

Lidia debe estar preguntándonos qué hacemos. O por qué no volvemos a la cama. O si queremos mate. Siempre pregunta eso. Nunca queremos. Nunca. No sabemos por qué insiste en preguntar.

Pensamos contestarle eso: que no tomamos mate. Pero se ve que le decimos algo del trabajo, pedimos diez minutos. Estamos en medio de algo, decimos. Que nos espere en la cama, que ahí vamos. Seguro le decimos algo de eso porque nos contesta que drogado como estoy no puedo trabajar en nada, que mejor volvamos a la cama. A revanchar, dice. Y aunque su voz tiene colores de lujuria, no hay caso. Nos preguntamos por qué no habremos pasado la noche con Ana y Lía que nos entienden.

El tiempo y el espacio, decimos, son construcciones de la propia psique. O no jodas, Lidia. Alguna de esas dos cosas le contestamos con la voz apagada y ronca.

La hormiguita camina con sus pasos pequeños rumbo a un futuro incierto, como todos nosotros.

*I'm getting closer to the end of the line*
*I'm living easy where the sun doesn't shine*

Dale, insiste Lidia, vení, que con la locura que tenés no podés ni seguirle el paso a esa hormiga.

Queremos decirle que hace mucho que decidimos que la sobriedad no tiene nada que ver con la lucidez. Y mucho más desde que dejó de preocuparnos de qué manera nos rompíamos, nos desdoblábamos, de qué forma nuestra conciencia se veía alterada. Tratamos de decirle que la realidad objetiva es una construcción sintética que parte de la hipotética universalización de una multitud de realidades subjetivas. Pero parece que le decimos otra cosa, porque Lidia nos contesta que no la insultemos.

Me voy, Gordo, te dejo eso que me encargaste acá, agrega acariciándonos la cabeza como a un perro al que se quiere pese a que te cague el piso y te rompa los zapatos. Al que se quiere pese a todo.

No, intentamos decirle. Pedirle que se quede. Algo así como: aguantá que ya terminamos acá. Pero seguro le decimos que nos deje de joder porque ella, perdonavidas, nos dice que la llame cuando quiera verla. La hormiga avanza y avanza. La válvula más grande comienza a titilar: 10, 9, 8.

Esperá, Lidia, que es cuestión de un momento, decimos o creemos decir.

7, 6, 5.

Te quiero, Gordo, y su voz es un lago manso alterado por las ondas del piedrazo de la condescendencia. Ella nos perdona la vida. Increíble. Ella. Como si fuéramos nosotros los que vivimos una vida anodina y vulgar. Como si fuese

115

ella la que estuviera a punto de modificar el curso del tiempo.

4, 3.

A nuestras espaldas se cierra la puerta del departamento. La hormiga, ajena a todo, sigue su camino. Acercamos la mirada estrábica a su paso pequeño mientras tras la ventana empieza a amanecer.

*I've seen the stars that disappear in the sun*
2, 1.

Tomamos un puñado de pastillas de distintos colores del frasco de vidrio y las tragamos, sin agua, de un saque.

Entonces hay un chispazo. Un momento. La hormiga desaparece. Otro chispazo. Y aparece unos centímetros más allá. O eso creemos. Querríamos gritar eureka pero nuestra garganta es un desierto de sal y de arena.

El techo está hecho de manteca y el sol crece —rojo y naranja— tras la ventana. El tiempo es una posibilidad entre muchas, la hormiga sigue su camino hacia ninguna parte. Es demasiado. La aplastamos de un manotazo y llegamos a sentir la vibración de su vida yéndose. Es como un chispazo débil que se apaga con una exagerada brusquedad. El fugaz camino entre el vacío y la nada.

Levantamos la mano y miramos con extrañeza en nuestra palma la mancha que fue la hormiguita.

*The synonym of all the things that I've said*
*Are just riddles that are built in my head*
Después nos desmayamos en el suelo.
Ojalá Lidia no se hubiera ido.
Ojalá Lía y Ana vinieran a verme.

## 27. Los recuerdos de Mario

A mediados de los noventa el Gordo ya estaba cristalizado en sus delirios. Se había ido de la casa de la vieja para que no lo internaran más y había conseguido un departamentito, el mismo en el que murió. Al mismo tiempo empezó a salir menos a la calle, no volvió a la primera persona del singular y fue achicando su universo musical: del rock al metal, de ahí a los clásicos del género, al poco tiempo solo escuchaba Sabbath. Estoy seguro que con un poco más de tiempo habría terminado escuchando un único disco o, peor, una sola canción.

Se la pasaba encerrado, con la música al palo, todo drogado, armando artefactos y proyectos de artefactos que lo divertían y le servían como aprendizaje para su proyecto principal, la Máquina, que recién estaba en sus primeros bocetos.

Me acuerdo, por ejemplo, que con unas antenas modificadas y partes de unos grabadores doble casetera que había traído un amigo de Paraguay armó un aparato que intervenía la frecuencia de radio de la yuta. Y era irrastreable. Durante meses los volvió locos: les pasaba grabaciones de ellos mismos o interrumpía las comunicaciones y las cruzaba con la frecuencia de aeroparque, cosas así. Una vez los tubo tres horas escuchando una versión en vivo de "War Pigs".

Como nadie vive del aire, también planificaba pequeñas estafas que le permitían solventarse, pagar los materiales que necesitaba para sus inventos y las toneladas de pastillas que tomaba. Vivió un tiempo de unas jugadas con tarjetas de crédito y afanos manipulando los cajeros automáticos. Cuando apareció, se pasó a internet. Fue lo último que le faltaba: dejó de salir a la calle. Eso sí, con el tiempo se fue sofisticando pero al principio era todo muy primitivo.

## 28. Proyecto Coyoacán

Habla Oscar

*Ahora lo pienso y me cago de risa pero era un hijo de puta… ¿Me decís que está muerto? ¡Qué tipo hijo de puta!*

*Pero contame: ¿seguía cagando gente?, ¿lo mató alguno? Porque yo hubiera jurado que iba a terminar con un tiro entre las tripas.*

*Ahora que ya pasó el tiempo me gustaría haberlo conocido. Debe haber sido un personaje. Un tipo interesante. Muy loco, seguro. ¿A quién se le ocurre una cosa así?*

*Nosotros anduvimos meses buscándolo. Si lo hubiera encontrado, te juro…*

[Se muerde el labio de abajo, crispa el puño derecho].

*Y no por la guita, que no eran dos pesos pero tampoco me volví pobre. Sería una luca de hoy, ponele. Pero el tema es la humillación. Me hizo sentir el tipo más pelotudo de la Argentina.*

*Habían levantado el taller de al lado de la fiambrería y se nos había llenado de cucarachas. Pero llenado mal, eh.*

*Habíamos probado de todo: veneno, ultrasoni-*
*do, mil fumigadores. Nada. Las hijas de puta eran*
*cada día más.*

*Era desesperante. Andaban por todos lados. Ca-*
*minaban por el negocio, entre los fiambres. Imaginate:*
*los clientes que veían eso no volvían más. Y vivíamos*
*aterrados porque nos cayera Bromatología.*

*Mi socio —un pibe más joven— me dijo que*
*había visto el anuncio y que tendríamos que probar.*
*Yo no sabía nada de interné. Nada. Cero. Ni imeil*
*tenía, nada. Martín, mi socio, sí. Me explicó un*
*poco y me mostró el anuncio:*

[Antes de cada frase despliega las manos en el
aire, como si mostrara un gran cartel en el aire].

*Sin electricidad.*

*Sin veneno.*

*Cien por ciento efectivo.*

*Envío a domicilio gratuito.*

[Separa en sílabas, con bronca].

*Ga-ran-ti-za-do.*

*Si no funciona, le devolvemos su dinero.*

*Instrucciones sencillas.*

[Aplaude una vez, mueve adelante y atrás las
manos entrelazadas].

*¡Instrucciones sencillas, qué hijo de puta!*

[Hace una pausa larga en la que deja caer la
cabeza y niega, con los ojos cerrados].

*Lo cierto es que después de dudar un poco hici-*
*mos el pedido y la transferencia. El paquete llegó tres*
*días después.*

*Me acuerdo y me dan ganas de cagarlo a trom-*
*padas de nuevo, ¿estás seguro que está muerto? ¡Qué*
*hijo de mil putas!*

[Se golpea la frente con la palma de la mano].

*Dos pedacitos de madera con unos numeritos*
*grabados. Y un papel que decía: "Tomé la pieza uno,*
*ponga el bicho encima, aplástela con la pieza dos".*

*¡Mil mangos nos sacó! ¡Andá a saber a cuánta*
*gente más cagó!*

*¿Decís que está muerto? Pero qué tipo hijo de*
*puta, che...*

## 29. El testamento de Felipe

*He visto el futuro y lo dejé atrás*

Fue hace unos años, ¿te acordás? Tenías llave del derpa y entraste sin llamar.

Cómo estás, Gordo, dijiste.

Fuiste a la cocina a buscar algo para tomar y volviste enseguida con una Quilmes fría. Nuestra cabeza era una cama elástica en la que un equipo de rinocerontes jugaba al rugby contra uno de elefantes.

¿Entonces?, preguntaste.

Bien.

Se te ve bastante demacrado. No salís nunca, boludo.

No, aceptamos. Y enseguida cambiamos de tema.

Nos tenés que prometer una cosa.

Lo que quieras.

Abriste la cerveza con la muela, nos la pasaste y mientras ibas a poner música, sacamos un puñado de pastillas del frasco y las dejamos delante de nuestra panza, al alcance de la mano, en el suelo.

Arrancó la música. *Vol. 4* o *We Sold Our Soul for Rock 'N' Roll*. Alguno de tapa negra, en cualquier caso, no nos acordamos bien cuál.

Así que ya éramos nosotros y vos y ahora Ozzy, aullando como loco. Elegimos dos Ubikol y tres Anfliomax y las bajamos con un trago de cerveza.

*I want to reach out*
*And touch the sky*

Te acordás de la Máquina, ¿no?, preguntamos.

¿Qué Máquina, che?, te hiciste el gracioso. Y enseguida me dijiste claro que me acuerdo, Gordo, si hace años que no hablás de otra cosa.

Bueno, te dije, se trata de eso. ¿Te acordás, no?

Como si no me escucharas, volviste a intentar: tendrías que salir, Gordo, ¿por qué no venís a estudiar cine conmigo? Cambiar el aire, dijiste, levantarte una mina, algo.

Fue como si te hubieran escuchado porque justo salieron las dos pibas a medio vestir de nuestro cuarto.

Saludaste con la boca entreabierta, mientras se acomodaban las camisetitas diminutas en los shorts diminutos.

Ana, se presentaron, Lía, y nos dijeron que se iban.

Les ofreciste la botella estirando el brazo.

La rubia aceptó al mismo tiempo que la otra negaba tras los anteojos oscuros.

*I'm gonna climb up*
*Every mountain of the moon*

Paso la semana que viene, ¿dale?, dijo una de ellas, no me acuerdo cuál.

Sí, seguro, pasen cuando quieran.

¿Me puedo llevar la cerveza?, preguntó la rubia o la de anteojos oscuros y se fueron tirándonos un beso por el aire antes de darnos tiempo a contestarles nada.

*I've been through magic*
*And through life's reality*

Vos te cagaste de risa y ni bien cerraron la puerta preguntaste, palabras más palabras menos, cómo carajo lo hacíamos, ¿te acordás? No te dimos pelota, por supuesto, y volvimos a lo importante.

Necesitamos que nos prometas que, pase lo que pase, vas a confiar en nosotros y cuando esté preparada te vas a encargar del… digamos… trabajo de campo.

¿Vos te escuchás, boludo?, arrancaste, ¡dejate de joder! En serio: tenés que salir un poco. O al revés.

Eso nos enfureció bastante. Encontramos un Asenlix y nos lo mandamos con un trago. Para acompañarnos Ozzy también sonaba furioso y en la cama elástica elefantes y rinocerontes se medían en un scrum brutal.

*Got no religion*
*Don't need no friends*

Le estamos dedicando la vida a esto, Mario, no es joda.

Y vos: lo que no es joda es eso, Gordo, tu vida.

Es nuestra y tiene un sentido, te contestamos furiosos.

Te diste cuenta de que las cosas se estaban poniendo feas y le quisiste bajar el precio a nuestro enojo con una sonrisa amistosa, lo que no hizo sino empeorarlo todo, ¿te acordás o no?

Ya sé, ya sé, es muy importante y todo lo que vos quieras, dijiste, pero me parece que estás delirando un toque, Gordo. ¿Qué pastas estás tomando?

Todas, te contestamos. De todo. Todo lo que conseguimos. Pero no entendés, ese no es el tema.

*Got all I want*

*And I don't need to pretend*

Negaste con la cabeza. Aprovechamos para seguir.

El tema es que nosotros no somos material de aventura, nuestro puesto está acá, construyendo. Estamos poniendo un equipo a funcionar: documentos, dinero, logística, ¿entendés?

Por supuesto, dijiste.

Nosotros: la Máquina funciona.

Y vos: ¿Funciona?

Bueno, va a funcionar, dijimos y vos sin contestarnos fuiste a buscar más cerveza a la heladera.

Quedan dos, gritaste desde la cocina y empezó el ping-pong.

Traé las dos, entonces, después pedimos más.

Puedo bajar.

Como quieras.

Podemos bajar juntos.

No salimos a la calle, ya sabés.

*I've been through magic*
*And through life's reality*

Volviste. Abriste las dos. Te quedaste una. Nos diste la otra. Chocamos las botellas.

Arriba los pobres del mundo, brindaste.

La tierra será el Paraíso, contestamos.

¿Entonces?, quisiste saber o fingiste querer.

Agarramos dos pastillas al azar, las bajamos con un trago y arrancamos.

El prototipo consiste en un ionizador negativo portátil, con una unidad contendida de alto voltaje y baja intensidad alimentada por una batería de veinticinco kilovatios de ganancia máxima.

Trago, pastillas.

Los iones negativos deberán recibir un giro contrario a las agujas del reloj que les imprima una cámara de aceleración de nuevo diseño que deberá crear una fuerza centrípeta tal que las partículas ganen cohesión en lugar de dispersarse.

¿Qué?, preguntaste pero no te contesté.

Pastillas, trago.

Un campo iónico negativo reducirá la velocidad de los protofastones habitualmente presentes en la atmósfera.

Trago, pastillas.

Al decrecer su velocidad dejan de ser protofastones y, esto es lo mejor, dijimos, según el principio de paridad ya no podrán enlazarse con los otros protofastones irradiados por las ondas conservantes lo cual significa, al menos durante un cierto lapso de tiempo, un incremento de la intensidad de la actividad protofastónica.

Pastillas, trago.

¿Qué?, repetiste y te empezaste a reír, pará, Gordo, pará que me perdí.

Tus carcajadas, entre un trago de birra y otro, como puñales, ¿te acordás? Fue entonces cuando empezamos a llorar.

*Don't try to reach me,*
*'cause I'll tear up your mind*

Trago, pastillas.

La puta que te parió, Mario, dijimos hipando entre sollozos.

No, pará, pará. Tranquilo, Gordo, tranquilo. Vení, dijiste.

Nos abrazaste. Durante un rato, mientras nos acariciabas los pelos revueltos, repetías tranquilo, tranquilo hasta que nos fuimos calmando. Respiramos profundo.

Qué necesitás, preguntaste entonces.

Necesitamos que seas nuestro T-800, Mario, nuestro McFly, dijimos.

Pastillas, trago.

*I've seen the future*
*And I've left it behind*
Y vos dijiste: listo.

Queremos, insistimos, que cuando llegue la hora seas vos el que vaya…

Listo, repetiste.

… el que vaya a liquidar el… asunto.

Listo, una vez más.

¿Listo, qué?, te preguntamos.

No se hable más, dijiste, te lo prometo, Gordo. ¿Te acordás, no?

Bueno, está casi listo. Ya casi es la hora. Estamos en la recta final. A unos pocos pasos.

Pero también estamos cada vez más jodidos, Mario: sangre en la orina, en el vómito, dolores profundos que ni las pastas paran. Y tenemos miedo de no llegar a tiempo.

Así que, en el escritorio de la computadora grande hay un archivo de video que se llama "La Vida es Hermosa". Si la quedamos, miralo.

Ahí está todo.

Vos vas a saber qué hacer.

## 30. Proyecto Coyoacán

Habla Analía

*No voy a decir amor porque... Ya sabés, no era una cosa de él. ¡Amor, amor! Pero...*

[Prende un cigarrillo, se ajusta los anteojos oscuros].

*Amor es una palabra muy cursi, gastada, muy poco práctica, fuera de la órbita de los circuitos mentales del Gordo. Pero digamos que a la única que vio como a una compañera real fue a mí.*

[Resopla, se acomoda en la silla, frunce el ceño].

*¿Cómo que qué quiero decir con compañera real? Fácil: yo soy la única a la que se llevó a sus laberintos. Nadie, ni siquiera vos que creés que eras su amigo, estaba dentro de su sistema de referencias total. El Gordo era, como leí por ahí, una máquina lógica conectada a una interfaz equivocada. Y a esa conexión errónea —o distinta—, todas las otras minas, todas las personas, le hacían saltar la térmica.*

*Menos yo.*

*¿Nunca te preguntaste porqué solo a mí me nombraba como si fuera dos personas? En el tornado que*

*era su mente, agarró mi nombre y lo desdobló. ¿Por qué? Para llevarme con él.*

*Todos ustedes —incluso vos, el amiguito; o las otras minas— eran útiles de alguna manera. Eran parte del plan. No solo de la Máquina, que era tu parte, eh. El plan grande, digo. Proyecto Coyoacán, le decía él, no me olvido más.*

*Ahí tenés: todos ustedes eran engranajes de ese artefacto.*

*Yo, no. Yo estaba a un lado. Conmigo era otra cosa. Charlábamos, mirábamos películas de terror de la década del treinta. Yo era…*

[Con la colilla de un cigarrillo prende otro, se acomoda los anteojos como vincha].

*No quiero decir amor.*

*Pero yo era su novia.*

*La única que tuvo.*

# Capítulo VI

# Capítulo IV

## 31. La novela de José Daniel

*And I was thinking to myself*
*'This could be heaven or this could be Hell'*
Te despertará la voz que llega junto con el vapor de la ducha por el espacio que deja la puerta entreabierta del baño. Tratarás de reconocer la maltratada melodía entre el rumor de la caída del agua, pero te distraerá una incipiente erección matinal. Enseguida tu cabeza proyectará la imagen del agua cayendo sobre el cuerpo terso —sabes— y jabonoso —supones— de Karen.
*Welcome to the Hotel California*
*Such a lovely place (such a lovely place)*
Claro, los pinche Eagles, pensarás riendo, ¡cómo puede desafinar tanto una mujer tan hermosa!

Encenderás un cigarro y confirmarás que la erección sigue ahí. Faltará saber si es por ganas de Karen o por ganas de orinar.

Ya veremos, pensarás, allá vamos.

—Hola, larguirucha —dirás al meterte en la ducha, intentando que el agua no te apague el cigarro.

—Fuck, JayDee, ¿no puedes parar de fumar ni para…? Hi, you, ¿qué tenemos aquí?

Mientras se besan, la mano enjabonada de Karen bajará por la erección hasta alcanzar tus huevos.

Pocas cosas se sienten tan bien como el agua caliente, la caricia jabonosa ahí abajo, el sabor del tabaco, la lengua de Karen en tu boca.

Sin embargo un momento después la erección empezará a ceder. Karen no se dará por vencida, bajará con la lengua por tu pecho, tu barriga cervecera y más allá. Pero nada. Se habrá ido.

—Maybe later, JayDee —dirá Karen al salir, envolviéndose en una toalla enorme y blanca—, voy a preparar el desayuno.

Y aunque tratará de parecer despreocupada, tú verás —vencido bajo el agua— algo entre la incredulidad y la indignación en sus ojos gringos.

Cómo me haces esto, carnal, dirás hacia abajo.

## 32. Hipótesis

Interferencias entre Felipe y el Gordo: nuestras tareas políticas

*entonces salvamos a trotsky solo, en lugar de a trotsky y otros millones de tipos*

*No buscamos cambiar toda la Historia, apenas mover el eje un poco: darle una prórroga a la muerte del Viejo, ver para dónde irían sus elucubraciones teóricas y estratégicas en ese tiempo y, sobre todo, desenmascarar el carácter del estalinismo.*

*no sé, puede andar: el primer efecto que veo es una pérdida anticipada de apoyo a la urss, una separación temprana entre tito y iósif, la prevención a los pc europeos y asiáticos*

*También se podría provocar un cambio dentro de la Unión Soviética, sin hacer que implocione antes de tiempo.*

*sí, me imagino que lo que queremos hacer es revertir la hegemonía estalinista en el campo socialista, pero no sé si para 1940 una renovación dentro de la urss todavía es una posibilidad*

*¿Vos decís que no sería posible usar la evidencia de manera tal que empuje a la destitución de Stalin*

y a un cambio en las condiciones que permita un regreso del Viejo rehabilitado, la liberación de sus partidarios y de los millones de comunistas en los campos de trabajos forzados?

digo que no lo sabemos y que sería un hombre solo porque el resto de la oposición de izquierda ya fue destruida

Claro. Pero imagínense una rápida refundación comunista que pudiera aprovechar la dinámica de la guerra para derrotar a los nazis sin negociar con el capitalismo un segundo frente en Europa, y así no detenerse en el Elba, hacerse con el control de toda Alemania y tal vez ir más allá, cruzar Francia hasta España o Italia. Pensar en un nuevo internacionalismo que mantenga a Tito, a Mao y a Ho Chi Minh dentro de un mismo movimiento. Oriente Medio, África. Imaginemos las perspectivas de Latinoamérica después de Cuba en un mapa así. Podemos suponer que entre la Operación Barbarroja y la defensa de Moscú, que es el momento en el que Stalin estaba en una situación más débil, con la conmoción provocada por las revelaciones del caso Mornard…

que no sabemos si llegarían a la urss

… podría haber sido depuesto.

lo que hay que preguntarse, para no regalarle el mundo a la reacción, es si la conmoción interna con la destitución de iósif se puede salvar rápido

Es cierto. Y también queda la duda sobre qué tan decisivos fueron sus manejos brutales pero firmes

*y la maquinaria propagandística nacionalista pan-*
*rusa que desplegó cuando volvió a afirmarse.*

    *no sabemos, es confuso. pero la idea que tiene*
*más que ver con*

    *Manos a la obra.*

## 33. La novela de José Daniel

Llevarás un par de horas escribiendo frente a la ventana, frente al olor a mierda de las gotas que golpean incesantes contra el cristal de la ventana, cuando Mario aparezca.

La noche anterior habrán estado bebiendo hasta tarde y traerá la resaca pintada en la cara.

—Cómo va, Jefe.

—¿Has resucitado?, en la cocina hay café, si quieres.

Lo verás desaparecer por la puerta y reaparecer con dos latas.

—¿Cerveza? —preguntará.

—Oye, es que tú no paras, compadre —responderás, pero sin embargo aceptarás el convite.

—¿Tu yanqui?

—Es de Texas, güey, si te llega a escuchar te corta los güevos.

—Ya sabés, para nosotros todos los gringos son yanquis. Bueno, ¿dónde está Karen?

—Se fue a trabajar. —Una sombra cruzará tu rostro; disimularás, cuándo no, encendiendo un cigarro—. Entonces, ¿me vas a terminar de contar o qué?

—Claro, claro. Bueno, los últimos años fueron solo de la Máquina. Y armó un equipo. Ese era el Proyecto Coyoacán antes de ser mi documental: una selección de gente que haría que la Máquina fuera útil. Porque no era cuestión de matar a Mercader, nomás. La idea de Felipe era que eso moviera el tablero del movimiento comunista mundial y, por lo tanto, cambiara la relación de fuerzas en el mapa de la lucha de clases.

# Capítulo VII

Capítulo VII

## 34. Proyecto Coyoacán

Habla Martha

*Era muy tierno, el Gordo. ¿O debería decir eran muy tiernos los Gordos?*

[Ríe a carcajadas].

*Estaba tan seguro de su locura que daba pena decirle que no a algo. ¿A mí qué me cambiaba seguirle el juego?*

*A veces estaba callado, trabajando en la computadora o soldando cablecitos en la Máquina y de pronto se metía un puñado de pastillas en la boca y arrancaba a hablar sin parar. El monólogo drogado, le decíamos. Repetía la misma historia una y otra y otra y otra vez. Con tanto entusiasmo que aunque fuera una locura, te contagiaba. ¿Cómo no dejarse arrastrar por semejante pasión, así fuera una pasión delirante?*

*Yo le aporté el traje —te acordás, ¿cierto?— y, lo que es más importante, los documentos.*

*Los documentos eran…*

[La interrumpen. Escucha].

*¿En serio querés que te cuente eso?*

*Bueno.*

*El traje era el único que conservábamos de mi abuelo. Gris. De tres piezas. Cuando lo llevé me pidió que le consiguiera una camisa y una corbata, que hicieran juego. Compré unas, también viejísimas, en una feria americana de Villa Crespo.*

*Después —de esto te tenés que acordar, ¿no?— me pasé una tarde tomándote medidas y cosiendo mientras bajábamos botellas de birra y el Gordo tragaba pastillas como caramelos.*

*Lo del documento es más interesante.*

*Felipe en su raye necesitaba documentos de un argentino nacido cerca de principio de siglo, sin familiares cercanos y que para 1940 estuviera muerto.*

*En cada uno de los monólogos drogados volvía sobre ese tema. La identidad. Necesitamos una identidad para Mario, repetía.*

*Un día —andá a saber por qué— me acordé de un tío abuelo mío por parte de madre. Miguel Di Liborio. Yo sabía que mi vieja, entre sus cosas, tenía su libreta cívica. En la familia se contaban muchas historias sobre el tío perdido. Lo cierto era que se había rajado del país a principio de los treinta y nunca más se supo de él. Acá solo le quedaba la hermana —mi abuela— con la que estaba peleado. Por lo que averiguaron después —y por eso me pareció que al Gordo le podía servir— murió en los hechos de mayo de Barcelona en el 37 con otro nombre y un documento falso hecho en Londres.*

146

*La verdad es que yo no estaba segura de que la historia fuera cierta pero al Gordo lo iba a dejar tranquilo y, como ya te dije, a mí me gustaba acompañarlo en su locura. ¿Por qué no?*

*Perfecto, dijo cuando se la llevé, perfecto.*

*Así estuvo un rato, se movía como un muñeco descompuesto y repetía: perfecto.*

[Se le llenan los ojos de lágrimas].

*Al rato destrabó y dijo: si algo sale mal nadie lo va a reclamar y él no va a estar vivo para desmentirnos; tenemos que avisarle a Mario.*

*Qué locura… No digo la del Gordo, eh. Eso…*

[Agita la mano derecha junto a su cabeza, como si espantara una mosca].

*Digo que locura que nosotros estemos acá hablando de él, ¿no te parece?*


Habla Analía

*Pensalo: Ernesto, el Filatelista, la pibita Camila, Ernesto, Iron Mike, Martha, la otra mina esa… ¿cómo se llamaba?*

[Escucha. Frunce el ceño].

*Eso: Lidia.*

*¿Te das cuenta? Todos. Todos cumplían un rol dentro de ese esquema. Hasta vos. Todos menos yo.*

*A su manera, a mí me quería.*

147

## 35. Los recuerdos de Mario

Fue refinando las estafas para juntar guita. Tarjetas de crédito, ventas falsas, productos inexistentes: internet daba cualquier cantidad de posibilidades y él, cargado de anfetas, podía pasarse días y días sin dormir. Alternaba su tiempo entre la construcción de la Máquina y conseguir los recursos para juntar las cosas —documentos, mapas, estampillas— y el equipo de gente que le facilitara esa tarea.

Algunos —Ernesto, por ejemplo, Camila— eran pibes más o menos normales. Gente que había conocido a través de algún amigo. O amigos de un amigo de un amigo. Esa clase de cadenas.

Otros, no. Eran loquitos de la Deep Web. Como el Filatelista.

Cuando el Gordo me contó la historia, le pregunté de dónde carajo lo había sacado.

El mundo está lleno de gente como nosotros, Mario, me dijo, y aunque ustedes no nos vean, nosotros sabemos encontrarnos.

Pero te estaba contando del Filatelista. El tipo laburaba limpiando el subte de noche para una tercerizada que se llamaba Taim. Los trabajadores del subte laburaban seis horas y estos tipos metían turnos de nueve, diez, once horas y ganaban la mitad de la guita. Además no se podían quejar.

Bueno, resulta que este tipo una noche de noviembre de 2006 llega tarde al laburo porque el tren se había demorado en Castelar y el supervisor lo suspende y lo manda de vuelta a la casa. Tarda dos horas en llegar y, cuando lo hace, encuentra algo tremendo. Nadie sabe bien qué. Hay quienes dicen que habían masacrado a su familia completa. O que él los masacró. Otros, menos trágicos, que su mujer se había rajado con las hijas. Otra versión, más devaluada, que llegó y la encontró en la cama con sus dos primos y medio kilo de crema chantilly.

Sea lo que sea que haya pasado, el tipo volvió a hacer el recorrido Merlo-Once por tercera vez esa noche. Llegó para la hora en que el subte habría sus puertas.

Se metió en un tren de la línea A y se durmió. Hizo el viaje de punta a punta tres o cuatro veces antes de que un policía le dijera que no podía dormir ahí. Como no tenía a dónde ir, se refugió en el cuarto de descanso de la estación en la que trabajaba. Gardel, creo que era, de la línea B.

Cuando llegó la noche, trabajó como siempre. Y después volvió a quedarse dando vueltas por la red del subterráneo todo el día. Almorzó en un barcito de la estación Pueyrredón y se bañó en el vestuario de Tráfico de la E, donde tenía un amigo.

Vuelta a trabajar y vuelta a quedarse. Un día y el siguiente también. Se compró calzoncillos, medias y dos remeras en la estación de Retiro.

La víspera de Nochebuena de ese año, después de una lucha que llevaron adelante acompañados por los Metrodelegados, los trabajadores de Taim pasaron al convenio. Ahora eran trabajadores de Metrovías: el sueldo se fue casi al doble y la jornada laboral se redujo a seis horas. Eso le permitió al Filatelista mejorar su estándar de vida subterránea. Cada mañana iba a un locutorio que había en la estación Palermo de la D y compraba cosas por internet, que se hacía mandar a la estación Medrano de la B, donde los recibía una boletera de la que se había hecho amigo.

Con el tiempo acondicionó una antigua sala abandonada en el espacio fantasma entre las estaciones Pasco y Alberti, de la línea A, y armó ahí su guarida. Cerraba la puerta con un viejo candado oxidadísimo, para no levantar sospechas. Se compró una laptop y aprendió a romper redes de wifi. Ahora vivía en dos redes: la del subte y la de la virtualidad.

Una noche, limpiando, encontró un álbum de estampillas en un tacho de basura. Tenía unos cien sellos de varios países, la mayoría europeos.

Al día siguiente, de aburrido que estaba, investigó por internet y, con ese álbum encontrado, empezó una colección. Dos años después, sin salir del subsuelo de la ciudad, ya tenía un nombre en el mundo de la filatelia. Él le consiguió las estampillas y el dinero mexicano del 39 al Gordo. Creo que los sobres, la pluma y la tinta también. Pero no estoy seguro.

Sí, claro que intenté entrevistarlo para el documental, es un personaje increíble. Pero no hubo caso.

¿Quién decís que sos?, me preguntó, yo no hablo con desconocidos.

## 36. Proyecto Coyoacán

Habla Ernesto

*Sería 2011 o por ahí. Había roto con Opinión Socialista hacía poco menos de un año y unos meses después me había venido para Buenos Aires. Deborah tenía una beca del Conicet y yo había conseguido laburo en una revista que al poco tiempo dejó de salir,* El Guardián. *Era el benjamín de la redacción y todos me habían adoptado. Esa noche cumplía años una de mis compañeras, Daniela Pasik, y estaba toda la fauna: escritores, editores, periodistas, docentes, poetas.*

*Sonaba música no muy fuerte; tomábamos vino y conversábamos en pequeños grupos distribuidos entre la cocina y el patio de una casa chorizo, en Once.*

*Daniela, un tipo al que ella llamaba Muñeco, Deborah, otra mina —Andrea— y yo subimos a la terraza a fumar. Le habíamos pegado un par de secas cuando esta Andrea, que estaba bastante copeteada, arrancó a contar la historia del bardo del Gordo Felipe al irse del MAS.*

*Era, poco más poco menos, la misma que yo había escuchado montones de veces, con mínimas variaciones. El Gordo Felipe se había transformado en un mito del morenismo.*

*[Ríe].*

*Pero yo pensaba que era nada más que eso: un mito. Y ahí esta mina que sostenía que no, que el Gordo existía, que la anécdota era real.*

*¿Vos estuviste ahí?, le pregunté, porque yo escuché mil veces esa historia pero nunca encontré un testigo.*

*Daniela me pasó el porro y dijo que eso era porque yo era muy rosarino y muy joven. Todos se rieron, menos Deborah.*

*¿Cuántos años tenés?, preguntó el amigo de Daniela al que llamaban Muñeco y que tenía un acento rarísimo, entre chileno y catalán.*

*No, no querés saber, Muñeco, creéme, dijo Daniela.*

*No somos tan chicos, se quejó Deborah. Y ahora todos, ella incluida, nos reímos.*

*Entonces, volví a intentar, ¿estuviste?*

*Andrea reconoció que no. Pero, agregó, si querés un testigo, yo te puedo presentar al mejor.*

*Dale, le dije por decir algo, ¿quién es?*

*Felipe mismo me contestó cagándose de risa. Y eso no es nada, dijo después, te puede contar historias mejores que esa. Se rio de nuevo. El Gordo está cada vez peor, ahora anda reclutando adeptos para su plan de matar al asesino de Trotsky.*

*¿Para hacer qué?, preguntó entre toses marihua-*
*neras el tipo al que Daniela llamaba Muñeco.*

*Más risas.*

*Pará, dije, ¿Vos conocés al Gordo Felipe?*

*Daniela le guiñó un ojo a Deborah: ya se está*
*imaginando la nota, tu novio.*

*Sí, dijo Andrea, estuve en su casa la semana pa-*
*sada. Es muy amigo de Mario, un amigo mío.*

*Así que saqué una cita para que me llevara a*
*conocerlo. Daniela tenía razón, yo ya estaba cra-*
*neando el notón que iba a escribir. Pero las cosas no*
*salieron como imaginaba.*

[Se saca los anteojos, frota con dos dedos de la
mano derecha el tabique y después se aprieta los
ojos. Vuelve a ponerse los anteojos].

*Las cosas nunca salían como uno había imagi-*
*nado con Felipe.*

*No sé si una o dos semanas después fuimos a su*
*casa, un departamento chiquito por Almagro, lle-*
*no de restos de computadoras y cables por todos la-*
*dos. Estaba, además del Gordo, una piba como de*
*mi edad, Camila, laburando sobre unos mapas.*
*Felipe no le daba bola, tomaba pastillas con cerve-*
*za y anotaba cifras en un cuaderno. Tenía una re-*
*mera de Sabbath toda agujereada y temblaba como*
*si sufriera parkinson. Le expliqué que quería en-*
*trevistarlo.*

*No hay problema, dijo, ¿de qué querés hablar?*
*Prendí el grabadorcito y nos pusimos a charlar.*

*Pero a la media hora los dos nos habíamos olvidado del grabador y él me había convencido de que la nota no era importante. Lo que yo tenía que hacer era reunir toda la documentación disponible sobre Mercader del Río, en especial los viejos informes de la GPU de la década del treinta que habían visto la luz con la desclasificación de archivos de la KGB después de la caída de la Unión Soviética.*

*Así que esa fue mi primera tarea: reunir el material. La segunda fue conseguir un traductor de confianza. Ya era parte del equipo.*

## Habla Camila

*Mamá nunca me había querido hablar demasiado de él y yo nunca había preguntado tampoco. Sabía que no habían estado enamorados ni nada y que mi viejo estaba medio mal de la cabeza. No mucho más.*

*Pero una crece y empieza a querer saber de dónde mierda viene. Qué sé yo. Pensaba que, fuera como fuera, sería mejor si lo hacía parte de mi vida de alguna manera. Así que, para respetar el silencio de mamá, hablé con la abuela, con mis padrinos, con las tías, a ver si podía ubicarlo. Pero nadie sabía nada o nadie me quería decir demasiado.*

[Hace una pausa].

*Una noche volví de la facultad y mamá me estaba esperando en la cocina.*

*Algo pasó, me dije, algo malo. Al toque pensé que se había muerto el abuelo, que estaba jodido por la diabetes. Pero se la veía calmada.*

*¿Qué onda, ma?, la encaré de una.*

*Sentate, me dijo: me contaron que anduviste preguntando por tu viejo. Y si tanto querés saber, mejor que te cuente yo, ¿no te parece? Y me pasó un mate.*

*Estuvimos como tres horas hablando y me contó todo, desde el principio.*

[Hace una pausa. Cierra los ojos. Suspira].

*Mi viejo ni sabía de mi existencia, ella nunca se lo había dicho.*

*Cuando me di cuenta de que estaba embarazada no volví a verlo nunca más, dijo mamá, Felipe es muchas cosas, pero no material de paternidad.*

[Se muerde el labio inferior y mueve la cabeza].

*¡Material de paternidad! ¡Justo ella!*

*En fin… Me contó que mi viejo nunca había sabido de mí, que tenía un problema de consumo muy grande y que de a poco se había ido volviendo loco como una cabra. Eso dijo: como una cabra. Me contó de la Máquina y de cómo esa obsesión no había hecho más que empeorar con el tiempo.*

*Ahí me cayó la ficha y me calenté para la mierda: ¿y vos cómo sabés que está peor?*

*Por medio de una amiga que lo sigue viendo y de tanto en tanto me cuenta.*

*¡Así que yo no podía saber de él ni él de mí pero, veinte años después, ella se seguía manteniendo informada!*

[Se le llenan los ojos de lágrimas].

*Entonces le dije: mirá, será lo que vos quieras, ma, pero es mi viejo y lo quiero conocer.*

*Ella me dio un papelito con una dirección y me dijo que cuando se decidió a tener esa charla conmigo supuso que iba a terminar así.*

*Un par de semanas después caí en el departamento. El viejo estaba tan mal como mamá me había contado pero yo estaba feliz de estar cerca de él. Ni me preguntó quién era y yo nunca se lo dije pero al rato me estaba hablando de la Máquina y unos días después yo andaba a la búsqueda de un mapa del DF de 1940 en el que fuimos marcando la ubicación de los lugares clave del Proyecto Coyoacán.*

## 37. Los recuerdos de Mario

A mediados de febrero del año pasado, como hacía un par de semanas que no sabía nada de él, fui a verlo.

Llegué al departamentito y abrí la puerta con mi llave. Siempre tuve llaves de su casa.

En quién más vamos a confiar, solía decir él.

## 38. El testamento de Felipe

*Tenés que escuchar la noche*

[Doble clic. Una ventana nueva se abre. La cámara toma de frente el rostro demacrado y amarillento de Felipe Caballero, que habla de manera pausada].

*Bueno, Mario, finalmente acá estamos.*

*El asunto, claro, es que para cuando estés viendo esto, nosotros nos vamos a haber rajado para la Quinta del Ñato. Eso no es malo por sí mismo. Lo malo es lo que queda.*

*Lo peor, igual, es que no vamos a haber llegado a tiempo para ver los resultados. Tantos años de laburo, de investigación, tantas horas metidos en el núcleo duro de la idea para perdernos la hora de los bifes. Una mierda...*

[Niega con la cabeza, se lleva la mano a la cara y se restriega los ojos como si estuvieran llenos de lagañas o lágrimas].

*No es que la muerte nos asuste o que nos preocupe morirnos. La joda es quedarnos afuera del final de esta historia, creenos.*

*Pero así está la cosa: no nos queda mucho hilo en el carretel. Podemos sentirlo en los temblores y los sudores, en los desmayos recurrentes y los despertares sin aire.*

[Suspira].

*La estamos quedando, Mario. Serán dos, tres, seis meses. No más que eso.*

*No hay nada que hacer. Como dijimos hace tantos años, hay gente —como vos— cuyo lugar son las luchas y los proyectos del presente, otros que parecen vivir en el futuro. Nuestro lugar, en cambio, está, siempre estuvo, en el pasado. En el cambio del pasado. En su alteración. La ruptura del pasado.*

*Cambio, alteración, ruptura, pero el pasado al fin.*

*El asunto es que no existe el tiempo sin las cosas, que el tiempo es el orden de existencia de las cosas que nos son simultáneas. Es una forma de relación. Y es esa relación la que nosotros queremos alterar.*

*Esperá que ponemos música.*

[Se mueve hacia adelante para llegar hasta el mouse. En el espacio que ocupaba su cabeza aparece el vértice de la puerta del departamento. Comienza a sonar música. La banda es Black Sabbath, el disco *Born Again*, la canción "Disturbing the Priest": *Let's try getting to the sky / Hang on or you're going to die*. Felipe vuelve a la posición original y retoma].

*Hace banda que escuchamos música en la computadora. Qué desperdicio, ¿no? Los vinilos, por cierto, son tuyos. Todos. Están en el armario.*

[Señala con el brazo gordo y un poco flácido hacia su izquierda].

*Pero volvamos a lo nuestro. A lo tuyo, más bien. La Máquina, claro, no está lo que se dice probada. Ni siquiera terminada en el sentido estricto. Pero, como nos vemos venir la mudanza de barrio, decidimos que es hora de apurar el trámite. Cada mañana la sacamos, laburamos en ella y la volvemos a poner en su lugar. Para que la encuentres. Para que, entonces, hagas lo tuyo.*

[Tose. Saca un pañuelo de papel de un paquetito. Vuelve a toser y escupe en el pañuelo. Lo mira y niega con la cabeza. Después lo hace un bollo y lo tira a un costado].

*Una digresión más, antes de ir a lo que importa.*

*¿Te acordás de Darío, el periodista, el pibe aquel que tenía a la madre loca y la hijita en Mar del Plata? Bueno, supongo que sí, pero si no, no tiene importancia. Esperá,*

[Se levanta, una luz que estaba a sus espaldas blanquea un poco la imagen en la pantalla y la quema. Se oyen ruidos de una puerta que se abre, después un cajón, la puerta que se cierra. Felipe vuelve a ocupar la pantalla y le da sombra a la imagen. Trae en las manos una caja amarilla, la abre y saca algo].

*la cuestión es que Darío tenía un I Ching perso-*
*nal: tres dados de doce lados.*

[Agita en la mano los dados, que parecen ser lo que había sacado de la caja].

*Los tiraba, armaba una secuencia y con el resul-*
*tado abría el libro que tenía más cerca y buscaba*
*pistas del destino. La última vez que estuvo acá,*
*antes de irse a Mar del Plata, el libro que eligió fue*
*el segundo tomo de* Historia de la Revolución Rusa.

*Este.*

[Saca el libro de la caja amarilla y lo muestra a la cámara: una hermosa edición de Cenit, del 32, traducción de Andreu Nin].

*No sabemos qué es lo que leyó, pero antes de irse*
*nos explicó cómo leía las cifras y nos dejó los dados.*

*Alguna vez, dijo, cuando tengas que enfrentar*
*algo muy importante, quizá a vos también te sirvan.*

*Desde entonces, cada vez que dudamos, espera-*
*mos a estar solos y consultamos.*

*En el segundo cajón de nuestra mesa de luz vas a*
*encontrar esta caja de alfajores Havanna. Dentro de*
*la caja están los dados. Y el libro.*

[Vuelve a meter todo, libro y dados, en la caja y la muestra a la cámara].

*No hubo en la vida de ninguno de nosotros, Ma-*
*rio, nada más importante que esto que estás por ha-*
*cer ahora. Para esto laburamos años y años. En esta*
*tarea se puso nuestro mundo de cabeza. Así que aho-*

ra el método de uso, anotado en la primera página del libro, y los dados son tuyos. Quién te dice, te ayudan.

[Cierra los ojos un momento y canta, junto con Ian Gillan: *You just gotta listen to the night / At the ending of the day*, sonríe y vuelve a mirar a la cámara, como si me mirara a los ojos].

*Porque lo que estás por hacer es grande. ¡Vamos a cambiar la Historia, Mario!*

*Ahora sí, a lo que importa. Vení.*

[Desengancha la cámara de arriba del monitor y se la lleva con él, se levanta de la silla y camina hacia el cuarto de al lado. Cuando llega sigue hablando].

*En el placar del cuartucho de atrás vas a encontrar un doble fondo en el suelo, ¿ves? Abajo está este bolso. Dentro del bolso, entre otras cosas vas a encontrar este maletín rígido, de cuero. Eso es lo más importante: en el maletín está la Máquina.*

[Saca el maletín y lo apoya sobre la cama, va desplegando las partes, con el cuidado de un jardinero bonsái, respira con dificultad].

*La Máquina consta de dos celulares Nokia, un 1100 y un Lumia, y un LG;*

[Muestra a la cámara cada parte del dispositivo que nombra].

*una vieja laptop Compaq Presario sin teclado, en su lugar injertamos el módulo central, al que llamamos la Bestia; una segunda, Toshiba Satellite con un teclado externo; y otra, una Olibook serie 600, que funciona como unidad soporte. También hay un sensor de movimiento Stähle que trabaja en conexión con una Lenovo Z50-75.*

[Respira con esfuerzo pero tiene una enorme sonrisa entre la barba descolorida].

*No te dejes engañar por la apariencia de las partes, es un objeto delicado. La elección de los aparatos y los materiales de base no fue casual, creenos, el nivel de resiliencia electromecánica y magnetotemporal de estos aparatos es lo que nos da las más altas posibilidades de que funcione para el regreso.*

*Porque no te vamos a mentir. Como algunos otros detalles, el regreso es una incógnita. Es decir: no podemos asegurar que la Máquina te traiga de vuelta. Creemos que sí. Pero no estamos seguros. Sobre todo porque los satélites que aportan para el viaje de ida no habrán sido construidos aún en el mundo del que tenés que volver. Dependerá, entonces, de qué tanto haya acumulado el núcleo magnetotemporal de la Bestia. No pudimos testearlo. En este punto te enfrentás a una misión suicida. Bueno, no suicida, porque seguirías siendo. Serías, claro, en otro lugar del tiempo. Pero dejarías de ser tal y como te conocemos.*

*Eso.*

*Esperá.*

[Sale de la habitación y vuelve con la caja amarilla que dice Havanna].

*Vamos a tirar los dados.*

[Los agita en su mano nerviosa de dedos gordos y uñas masticadas y los lanza sobre la cama, al lado de la Máquina —doce, nueve, siete— hace unos cálculos y abre el libro].

*A ver. Hacé lo mismo vos que te espero, dale. Agarrá el libro que tengas más a mano y buscá la página 112, línea 23: "… en las pocas conversaciones personales que sostiene, percibe el eco de los razonamientos incompletos…"*

(Hago lo que el Gordo propone —el libro es *La ciudad y la ciudad*, de China Miéville— y leo: "… al mismo lugar donde había estado minutos antes, pero en un reino jurídico nuevo").

*Ojalá quiera decir algo para vos. Nosotros llevamos diez horas sobrios para poder explicarte todo esto y no le encontramos sentido a nada. En fin: vos sabrás. Supongo. Aguante, Mario.*

[Ríe conmigo, como si yo estuviera ahí].

*Volvamos a la Máquina.*

*Tenés que ensamblar todas las partes en la base de madera que le hicimos hacer y que vas a encontrar también en el maletín.*

[Va uniendo las partes a medida que me explica].

*Así, ¿ves? Después conectás este cable rojo acá y estos tres cables en estos puertos que están acá atrás. Tienen marcados los números en la parte de atrás.*

[Mira la Máquina a medio montar, suspira y lo deja].

*Igual te dejamos impresas las instrucciones. Son sencillas pero precisas. Respetalas. Cuidadosa, meticulosamente.*

*¿Qué más? En el bolso, además del maletín, están los materiales del Proyecto Coyoacán. Cuidalos, mucha gente laburó en esto y es lo que separa un hecho político de un crimen cualquiera.*

[Empieza a sacar las cosas a medida que las enumera].

*Ropa: una muda completa, de época. Tu talle es el de hace un par de años, esperamos que no hayas engordado.*

*Un mapa del DF de 1940.*

*Un detalle del mapa con las manzanas que nos importan.*

[Lo despliega ante la cámara, me señala unos puntitos de colores].

*Están marcados todos los puntos que nos interesan: el hotel, los buzones, el baldío, el lugar donde va a estar estacionado el Chrysler verde, el lugar donde va a estacionar.*

*En un sobre marrón, la documentación. Seis copias.*

*Cinco sobres con sus correspondientes juegos de estampillas de la época. Ya cada uno tiene escrita su dirección.*

*La libreta cívica de Miguel Di Liborio, sin foto, firma ni huella dactilar.*

[Suspira].

*Sacar la foto y borrar la huella y la firma fue un laburo fino que nos hizo un compañero uruguayo. Cuidado al rellenarlo.*

*La foto tuya 4x4 que hicimos la otra vez, envejecida con té.*

*Una pluma de tinta negra para que firmes, una almohadilla para la huella digital y un papel secante.*

*Cinco mil pesos mexicanos actuales y cuatrocientos pesos mexicanos de 1939.*

*El pasaje de avión, ida y vuelta. Abierto hasta 2020.*

*La dirección y el teléfono de Antonio Vázquez, Toño. Contactate con él ni bien llegues y decile que vas de parte Iron Mike Molfino. Si no podés conseguir un arma de la época o municiones, hablá con él. Dice Mike que el fulano consigue lo que le pidas.*

[Vuelve a guardar todo dentro del bolso menos la Máquina y regresa al cuarto grande. Se sienta en la computadora y engancha la cámara sobre el monitor].

*Bueno, Mario, ahora vamos a tomarnos una docena de pastillas de colores y seguir con la Máquina, así todo estará listo cuando llegue el momento. Hubo un grupo de gente que puso su granito de arena junto a nosotros, durante estos últimos años.*

*A partir de ahora —el ahora cuando veas esto— será tu hora.*

*No sabemos qué fuerzas vamos a desatar, pero sí que vamos a sacudir al mundo, a desenmascarar la más brutal adulteración del pensamiento comunista y darle una nueva prórroga de vida a una de las mentes revolucionarias más brillantes del siglo veinte. Ya veremos, después, qué significa esto para la clase obrera. Confiemos en que la verdad, como coincidían Tony y el bueno del Dolape, es siempre revolucionaria.*

[Hace la pausa más larga de todo el video, baja la cabeza, por primera vez no mira a la cámara].

*¿Te dijimos alguna vez que te queremos?, ¿alguna vez te dijimos lo que significó para nosotros tu compañía todos estos años?*

*Por las dudas te lo decimos ahora. Gracias, Mario.*

*Bueno, es tu turno: hacé esto y hacelo bien.*

*Por todos nosotros.*

*Pero, sobre todo, por nosotros.*

[Mira a la cámara fijo —como si fueran mis ojos, como si escuchara la pregunta que hago—, la señala primero, después a su propio pecho].

*Vos y yo.*

[Hace una pausa, lo que me da tiempo de asimilar el impacto de que se haya nombrado en singular].

*Nosotros.*

[Piensa por un instante, entrecierra los ojos].

*De última, si algo falla, si no funciona como esperamos, nosotros no vamos a estar para verlo y vos podés*

*usar esto para un documental: Proyecto Coyoacán:*
*viaje al interior de una mente desquiciada...*

[Ríe, pero es una risa apagada].

*Una vez más: ¡Salud, hermano! ¡La tierra será el*
*Paraíso!*

[La mano regordeta se acerca hasta la cámara
y la imagen se apaga].

# Capítulo VIII

## 39. La novela de José Daniel

En la pantalla, Felipe Caballero, dirá:

—Una vez más: ¡Salud, hermano! ¡La tierra será el Paraíso!

Después su mano regordeta se acercará hasta la cámara y la apagará.

Habrá un momento de silencio. Después Mario empezará a explicar que con ese video y los testimonios de quienes lo conocieron de cerca está filmando el documental. Encenderás un nuevo cigarrillo aunque el anterior, a medio fumar, colgará aún de la comisura de tu labio. Del lado derecho. Allí donde tu bigote, canoso por los años y amarillento por el tabaco, crece menos.

—Deja nomás tantito a ver si entiendo —le responderás.

Dirás:

—¿Tú tienes la Máquina aquí mismo?

Mario afirmará, sonriendo tras su cerveza, sin entender todavía.

—¿Y estás pensando en filmar pendejadas en lugar de probarla? —dirás para aclarar el juego.

—¿Eh?

—Que si estás preocupado con una peliculita cuando tienes frente a tu cara la aventura...

—¿Me hablás en serio, Jefe?

—Por supuesto, Mario. Es que no puedo creerlo.

—Pero, ¿no lo escuchaste? Si hasta Felipe sabía que no iba a funcionar y por eso me dio este video como puntapié inicial para el documental...

—¡Dijo "si todo falla"! —gritarás.

Se defenderá como pueda: que tú no entiendes, que no conociste al Gordo Felipe, que te muestra la Máquina para que veas de qué está hecha, que a quién se le ocurre que un aparato así vaya a funcionar.

—Eres puro pesimismo, carnal —dirás.

Y él que no, que es puro realismo.

—Deja ver —dirás entonces.

Irás arrastrando los pies descalzos por el piso de madera de tu apartamento hasta la biblioteca y buscarás un libro que Mario te regaló. Pero ni bien abras el libro él se dará cuenta de lo que estás buscando y protestará:

—Sí, ya sé que no es lo mismo la verdad que lo real pero...

—Pero ¿qué? —lo interrumpirás—. Tú estás loco, compadre. No puedes dejar pasar esta oportunidad. Yo no puedo permitirte que la dejes pasar.

Entonces dirá que él amaba a su amigo Felipe pero que era un drogón, que hacía años que no tenía idea de la diferencia entre lo que sucedía y lo que imaginaba, entre los hechos y las ideas. ¡Si hasta creía estar habitado por varios Felipes posibles!

—Es que de eso se trata, Mario. El asunto es que no hace falta que seas documentalista las veinticuatro horas del pinche día. No hace falta que saques a relucir tu materialismo trescientos sesenta y cinco días por año. Uno puede ser racional y aventurero, vivir en la lógica pero apostar a algún evento que carezca de ella. Incluso puedes ser un pesimista pero…

—Que no es pesimismo, carajo —dirá Mario, enojado o herido en su orgullo, gritando por primera vez desde que lo conoces.

Ahora sí somos amigos, pensarás.

—¿Y entonces qué es, a ver, dime?

—Es mirar el mundo a los ojos, es la puta realidad de mierda en la que, como en esta lluvia, estamos hundidos.

—Hasta ahí el pesimismo de la inteligencia, Mario.

—¿Ahora Gramsci?, ¿en serio? Quizá el asunto no sea el pesimismo o el optimismo, sino un problema de perspectivas.

—¿Y qué mierda quieres decir con eso?

—Quizá hace demasiado tiempo que sos un escritor consagrado y ya olvidaste que…

—No lo intentes por ahí, Mario, no seas pendejo. No te confundas. —Será casi una amenaza—. Nadie puede decir que no haya intervenido cuando fue necesario.

—Si yo no te acuso de nada. Digo que tenés tantas ganas de vivir otra aventura que la ves donde no la hay. ¿Querés que probemos la Máquina? Vamos en esa. Pero eso no es optimismo de la voluntad, es pelotudez...

Se dará vuelta para ir a buscar el maletín pero no le permitirás que lo joda con tanta facilidad.

—No, así no. Mira si el aparato funciona solo una vez y la desperdiciamos en una prueba. Si vamos a hacerlo, tenemos que hacerlo en serio. Tu amigo era un hombre de límites, Mario. Debemos hacerlo ahí, en el límite mismo, en la frontera entre lo posible y la ficción, justo donde lo real da paso a la locura. Si no puedes con eso, mejor ya déjalo.

—¡Claro que no puedo! Por eso vine a México a filmar un documental y no a probar las locuras del Gordo...

—Pero se lo prometiste, carnal. Ya sabes: la amistad es el primer comunismo, ¿qué clase de amigo eres tú?

Verás sus ojos llenarse de lágrimas, lo verás apretar los dientes, tensar la mandíbula sobre sí misma. Su voz será entonces un susurro ronco:

—La clase de amigo que no va a desenmascarar que el proyecto de toda la vida de Felipe no fue más que un delirio de falopero.

—Vale, qué tal esto —te escucharás decir, sin terminar de creerte que vayas a jugar esa carta, consciente de que lo acorralas con el peso de tu nombre—, hagámoslo todo a la vez. Busquemos las locaciones, el arma, planifiquemos el atentado como si fueras a viajar. Mientras lo hacemos filmas, sumas material que pueda servir para el documental. Grabemos incluso tu transformación. Cuando estés listo, tú te vas a Coyoacán a probar la Máquina y yo me quedo aquí escribiéndote la escena de ficción, un qué-sucedería-si, para que agregues al documental. Si la Máquina no funciona, te la regalo. Y si la Máquina llega a funcionar… Bueno, si llega a funcionar el documental valdrá madres… ¡o escribimos una novela con toda esta pinche historia!

Se disipará la tensión. Donde refulgía la bronca en Mario ahora el brillo será de emoción, de aventura posible, de sueño a realizar.

—Yo me quedaré escribiendo, como testigo de cómo se modifica el presente.

Irás hasta la biblioteca y volverás con una pila de libros: *Vida y muerte de León Trotsky*, de Serge; *El asesino obediente*, de Davidson; *Así asesinaron a Trotsky*, de Salazar; los tres tomos de Deutscher; *El asesinato de Trotsky*, de Gorkin.

—Y de pilón te buscaré la Star que fue de mi abuelo para que liquides a ese cabrón. ¿Qué te parece? —dirás.

—Dale, por qué no. Pero si vamos a hacer esta boludez, seamos boludos hasta el final.

Ahora Mario saldrá de la habitación y volverá un momento más tarde con dos nuevas latas de cerveza y unos dados.

—Ah —reirás con un cigarrillo en la boca y otro en la mano—, el I Ching literario.

—Elegí uno —contestará.

Será el de Serge porque estará al tope de la pila y por el cariño que le tienes al tío Víctor. Mario despejará la mesa y tirará los dados. Hará unas cuentas en un papel.

—Página setenta y tres, línea catorce.

Leerás, entonces:

—"Sabía que había sido dada la orden de acabar con su vida y que los asesinos disponían de medios ilimitados".

—¡Increíble! —dirá Mario—. ¡Salud, Jefe! Por la amistad: el primer comunismo.

—Por la Máquina de Felipe —responderás. Y para que quede claro el momento de alegría, de entusiasmo desmedido en el que te encuentras, encenderás un tercer cigarrillo sin haber terminado ninguno de los otros dos.

¿Crees en realidad que la Máquina pueda funcionar? No sabrías decirlo. Y no importa. Lo importante es la esperanza, la adrenalina de la acción inminente, este entusiasmo.

—Hay que mezclar todo, combinar todo, hacerlo todo, Mario. Organizamos el plan y viajas a matar al pinche estalinista ese. Yo me quedo aquí con la pila de libros, como testigo. Y mientras tanto empezaré la novela y a tu regreso…

—Si vuelvo… —interrumpirá Mario, aceptando por primera vez la posibilidad de que la Máquina funcione. Tú seguirás, como si nada:

—… la terminamos juntos.

—Voy tomando apuntes, también, empiezo con los borradores de la parte argentina del guion.

—Pinche argentino, mañoso. Guion o escena o novela debe suceder aquí, ¿no te das cuenta lo que sería tener una versión mexicana y roja de *Volver a futuro*?

Mario sonríe pero no está convencido. Nada de todo el asunto lo convence y parece entender que contigo no será como con Felipe, que no estás bromeando. Que todo empieza a tomar un cariz de perspectiva real, de plan desquiciado pero posible, de uno de esos argumentos excesivos y delirantes que a ti tanto te gusta construir y a él leer.

Dirá entonces:

—Bueno, pongámonos a revisar los materiales a ver si está todo en orden. Si vamos a sumergirnos en esta pelotudez como si fuera un proyecto, vamos a llevarlo hasta las últimas consecuencias.

—Así me gusta, carnal.

—Pero que se entienda. Creo que va a ser divertido, pero no tiene sentido.

—Nada lo tiene hasta que empieza a tenerlo —responderás, sabiendo que él reconocerá la frase, que recordará en qué momento de cuál novela la dijo su personaje preferido de todos los que escribiste, el desmesurado y ahora esquivo PIT2.

## 40. El mudo lenguaje de los objetos

*Eibar, 21 de abril de 1920*

El encastre es perfecto y mis piezas —cada una de las piezas que me conforman— están ensambladas, ajustadas, y me dejan lista para la acción. Me separan de mis hermanas y me meten en la caja marrón con la estrella roja de ocho puntas que me hará igual a ellas, pero única.

Hoy somos máquinas como otras. Un producto del trabajo humano. Ochocientos gramos de acero, resortes y tornillos.

Pero mañana, pasado, el mes que viene, dentro de tres años, no importa cuando, en el momento en que salga de esta caja que tiene dibujada una estrella roja de ocho puntas con la palabra Star en blanco en el medio, saldré convertida en otra cosa. Ya no seré ochocientos gramos de acero, resortes y tornillos sino un artefacto de muerte.

Y no uno cualquiera.

Las escopetas, por ejemplo, son fabricadas para la cacería.

Yo soy la más brutal y canibalesca de las máquinas de muerte ideadas por el hombre. Creada y construida para matar a los hombres. Y además para hacerlo desde una distancia menor a cincuenta metros. Soy una máquina para matar mirando a los ojos.

Ahora unas manos ásperas me guardan. Ya llegará el momento en que otra mano —áspera o no— se cierre sobre mi culata y presione mi gatillo.

Para dar muerte.

Y darme vida.

# 41. La novela de José Daniel

Te pararás largo como eres, los hombros un poco caídos para adelante, acomodarás la panza cervecera cada día un poco más pronunciada sobre el cinturón que ajusta tus texanos y encenderás un Cohiba de los que te manda cada vez que puede tu amigo Lorenzo. Pondrás *Abraxas* y cerrarás los ojos cuando —en el principio de "Singing Winds, Crying Beasts"— los golpes graves del piano de Alberto Gianquinto y las percusiones de Chepito Áreas creen el colchón para que entre la guitarra mágica del Mago. Después te acercarás hasta la biblioteca de la pared del fondo y disfrutarás uno de tus placeres secretos. Ahí, en la Fierrera, ese pedazo específico de la biblioteca acumula todos tus libros, incluyendo las traducciones, los premios y los afiches promocionales de las películas basadas en tu trabajo.

Sacarás algunos al azar —*La cabeza de Pancho Villa, La raya, Notebook, El fin del mundo, Nuevas mentiras, Disparando y bailando toda la noche*— para abrirlos en cualquier página y encontrarte con el escritor que fuiste. Deambularás por los

Rufus que recibiste las dos veces que ganaste el Hammett, el diploma del Gran Premio de Literatura Policíaca de Grenoble. Cada calada al Cohiba te reconciliará con la vida más allá de todos sus dolores. Todo puede soportarse, pensarás, todo vale la pena —esta lluvia interminable, el veganismo y el PRI— si en algún lado alguien hace un tabaco como este; si una tarde cualquiera de 1970, en los estudios Wally Heider de San Francisco, Santana fue capaz de juntarse con Fred Catero y, con David Brown y John Fiore en las consolas, construir esta maravilla de música.

Te quedarás un rato mirando el afiche de *Never Dies*, la película que filmó Ken Loach sobre tu novela *Los viejos rojos nunca mueren*, hasta que, al final, como todas las veces que te acercas a la Fierrera, buscarás el ejemplar manoseado de *La vida misma: una historia narrativa de la Comuna Roja de Santa Ana*, para recordar a Fritz, a Benjamín Correa, a Macario. Para saber que una vez hubo en México. Aunque ese Había una Vez haya terminado contigo once meses preso.

Y con mi matrimonio, pensarás. Y la imagen de Ana se te aparecerá como un amoroso fantasma entre el humo del Cohiba.

Pero no es nada de todo eso —ni libros, ni premios, ni fantasmas— lo que habrás ido a buscar al estudio. La música llegará hasta tu cuerpo y bailarás un momento contigo mismo. Tito Puente y el Mago pondrían a bailar al mismísimo Diablo, pensarás, mientras canturreas eso de "oye cómo va, mi ritmo, bueno pa' gozar, mulata" antes de dejar lugar al Hammond de Gregg Rolie, que es pura electricidad.

Entonces sonreirás tras el bigote, tras el humo, tras los ritos repetidos e inútiles y levantarás el brazo hasta alcanzar, en el estante de más arriba, una edición italiana —*La ballata delle stelle*— y, detrás de ella, la caja marrón con la estrella roja de ocho puntas dibujada en la tapa.

La abrirás.

Envuelta en una franela anaranjada, la pistola Star calibre 7.65 que fuera de tu abuelo te estará esperando reluciente. Apuntarás hacia la puerta de la habitación, sintiendo el peso, el poder de esa herramienta de muerte que lleva años durmiendo en una caja y ahora, con tu mano cerrada sobre su culata te dirá, en el mudo lenguaje de los objetos, que está lista para entrar en acción.

Te voy a comprar una sobaquera de cuero, ya verás, le dirás en un susurró.

## 42. La crónica de Olga

Termino de escribir y apago la música. Miro el ordenador: doscientas setenta y tres páginas listas para la impresora. Ahora querría dormir un día entero. Pienso que primero debería saludar a Toñín. Entonces se abre la puerta.

—¿Quihubo, Olguis?

—¿Qué cuentas, Toñín?

Mi sobrino es un hombretón grandote y barbudo que me hace desaparecer en su cuerpo cada vez que me abraza, al que solo a mí se me puede ocurrir seguir llamando Toñín. Pero eso sucede: cuando le hiciste a alguien biberones de Choco Milk, pues ni pedo, siempre será un escuincle para ti.

Vive en el departamento que está frente al mío. Lo heredó cuando su jefa se fue dizque al hipódromo y nunca más volvió, hace ya más de diez años, cuando Toñín andaba por sus quince. Desde entonces los dos apartamentos —26 A y D— son casi uno solo extendiéndose por las puertas abiertas hasta al pasillo. En ese espacio creció mi hijo, Jorge, y ahora suelen jugar los de Toñín.

—¿Una chela? —pregunto como si hiciera falta.

Voy hasta el refri y vuelvo con las dos últimas Tecate.

—¿Cómo está todo con Marianella, güey?

—¿Has visto, Olguis, esta pinche lluvia que parece mierda que cae? —responde.

—¿Hace mucho que no para?

Toñín se encoje de hombros. Terminamos las Tecate al mismo tiempo.

—¿Traigo más? —pregunta levantando el botellín.

—Creo que ya no quedan, ¿tú tienes?

—¿Qué pregunta es esa, pinche Olguis?

Cruza hasta su departamento y vuelve con un paquete de seis. Destapamos dos.

—Salud —digo—. ¿Los chavos?

Hace un gesto con la boca que se pierde entre la barba.

—¿Qué tal las cosas con Marianella? —insisto.

Él le da un trago a la cerveza y pregunta.

—Entonces, ¿cómo estuvo ese viaje, tía?

Siempre hacemos eso. Una plática nuestra puede tener hasta una docena de preguntas antes de arrancar, un montón de preguntas mientras esquivamos los lugares comunes, la conversación vacía y los temas de los que alguno de los dos no quiere hablar.

Así que durante las siguientes cervezas le cuento: San Pablo, Río de Janeiro, ese paraíso llamado Arraial do Cabo. Las semanas de persecución a Fonseca, mi insistencia y la resistencia de él, la tremenda peda que me agarré cuando accedió a que lo entrevistara. La larga conversación. Los dos días que llevo encerrada escribiendo. Hago una pausa y señalo el ordenador donde espera la biografía recién terminada.

—Falta corregir, nomás —termino diciendo.

—Felicitaciones. Esto merece un brindis, ¿no?

—Pues sí, claro. Pero resulta que ya se volvió a acabar la cerveza, Toñín. Así que, ¿me vas a contar algo de tus cosas o soy una desconocida?

—Aquí, tía. Poca cosa. Marianella se fue con los críos a casa de sus padres en Acapulco. Dijo que no soportaba más la lluvia. Ya irá a volver, ¿no?

Hay una pausa. Una pausa que dice que ese tema terminó.

—¿Sabes quién vino ayer? —dice entonces. Y sin esperar mi respuesta—: El escritor ese, el marido de tu amiga la gringa. Llegó con un argentino que traía un encargo rarísimo, fíjate.

Toñín es el hombre que consigue lo que necesites en el Defe. Sea lo que sea que quieras, mi sobrino conoce a alguien que conoce a alguien que conoce a alguien que lo tiene. O sabe quién. Así que cuando él dice que un pedido es rarísimo, a mí me crecen antenas.

—¿Rarísimo cómo? Cuenta, a ver…

—Mira, la mera es que los atendí na' más porque venían de parte de mi cuate Iron Mike Molfino, si no ni modo. Además porque el escritor…

—Fierro. José Daniel Fierro.

—Ese merito. Bueno, porque es el marido de tu amiga. Pero todo muy raro, Olguis. Algo que no me late nada. Quieren balas. Pero balas de un calibre que ya casi no se usa, 7.65. Les dije que se podían reemplazar con 32 ACP. Pero dicen que no, que tienen que ser 7.65. Y fabricadas antes de 1940.

—¿Y eso por qué?

—¿Y cómo puedo saber? Tú eres la periodista, no yo. Yo no hago preguntas. Consigo cosas.

—Cierto. Entonces: balas de la década del cuarenta. ¿Algo más?

—Sí —dijo Toñín—, tenían la pistola, me la mostraron. Una automática de fabricación española más vieja que la Poniatowska.

—¿Y qué sabes tú de doña Elena, escuincle maleducado?

—¿Qué crees, Olguis, que solo tú lees?

Hice como si no lo hubiese escuchado y volví a la carga.

—Entonces, ¿les dijiste que no podías conseguirlas?

—Claro que no, ¿cómo no las voy conseguir? No te digo que venían de parte de Iron Mike… Para mañana se las tengo. Pero no me late. Y lo peor es que el argentino culero insistió en filmar toda la charla. Incluso me hizo platicarle a la cámara.

Recién en la segunda mención al argentino misterioso las antenas funcionaron.

—Dime, Toñín, ¿el argentino era alto y con barba, con una chamarra de cuero y unas tenis rojas?, ¿se llamaba Mario Nosequé?

—No mames, tía, ¿cómo sabes todo eso?

## 43. Los mensajes de Karen

JD:

Me voy para el club, hoy vuelvo un poquito más tarde. En la nevera hay doce cervezas, medio paquetito de mantequilla y mugre. Si quieren comer, you better go to 7/11.

## 44. La crónica de Olga

Hay unas pocas cosas que sé de este oficio que elegí.

Sé, porque me lo enseñó mi profe Santos, que es la última trinchera de los hombres y las mujeres libres contra la mierda del sistema, aunque a veces sea una trinchera que haya que compartir con el enemigo. Él decía que es como si te metieran el cielo y el infierno en una licuadora y tuvieras que trabajar en movimiento. Una especie de albañilería del sentido común, decía.

Sé que aceptar una mordida, una sola, un cayote, por chiquito que sea, te pone del lado de los malos. Que no hay una sin dos, ni dos sin cien.

Sé que no da bien de comer y que, como se te ocurra filtrar una frase poética en la cabecera, te dan una patada en los ovarios que te dejan lisiada.

Sé que en el periodismo en general y en la nota roja en particular, como todas las broncas buenas, se avienta desde el nosotros, incluso cuando pareciera que escribes sola. Y que, en casi todos los casos, hay ser maoísta y viajar de la periferia al centro.

Sé que hay que tener las antenas prendidas y que cuando una onda de radio hace interferencia hay que tratar de localizarla para buscar la historia pero sobre todo para dejar que la historia te encuentre. Y cuando una tiene la historia —o la historia la tiene a una— lo primero que tiene que hacer con ella es llevársela a la sangre y seguirla hasta que pueda contarla y luego contarla de tal manera que a nadie se le olvide.

Sé que cuando una es reportera de la nota roja huele la sangre, como un tiburón blanco, y aunque tenga en el ordenador, recién escritas y listas para la impresora, las doscientas setenta y tres páginas de la biografía total del pinche Rubem Fonseca, irá tras ese rastro.

Yo no estaba segura de si tenía una historia pero ahí había un rastro de sangre y una interferencia en mi onda de radio. El argentino cineasta que me crucé en el avión y dijo, en tono de broma, que venía a matar a alguien, después llegó por recomendación del tal Iron Mike Molfino, acompañado por José Daniel, y filmó a Toñín mientras le encargaban balas calibre 7.65 fabricadas antes de 1940.

Yo seré muy pendeja pero ahí tenía una interferencia grande como la corrupción priista.

Así que le mandé un mail al Ciego Aguirre —el mejor archivista y documentalista veterano del USCIS y parte de la generación loquelvientosellevó— para pedirle información sobre el tal Iron Mike y un wasap a Karen preguntando qué pedos se traía su marido con el pinche argentino. Después dejé la impresora trabajando, bajé a buscar mi moto —con ese sidecar inútil desde que Jorgito se fue a estudiar a Toluca— y esperé la respuesta de Karen para saber a dónde ir. Llegó enseguida.

Seguía lloviendo, pero a mí me parecía que la lluvia no me importaba demasiado.

# 45. Los mensajes de Karen

*Ciudad de México, 4 de marzo de 2016*

17:31
resucitaste, Chaparrita
terminaste con la biografía?

17:32
OMG!
tenemos que brindar x eso

17:33
no sé
ayer estuvieron hasta cualquier hora bebiendo y talking shit de viajes en el tiempo
hoy me fui temprano al club y cuando llegué no estaban
dame un momento que le pregunto y tell u something

17:34
ok. no te menciono
pero que pedo traes tú con JD y el fucking argentino?
uuu?

17:34
cómo que todavía no me puedes contar
pendeja

17:39
ahí me contestó
están en el museo trotsky
si te apuras los encuentras
love u

17:40
que no
que no digo nada

## 46. La cuenta regresiva de Ramón

*28 de mayo de 1940*

Oigo la voz a mis espaldas, una pregunta corta, antes de verlo. Es una voz fuerte en la que el francés suena duro y claro. Me vuelvo. Nuestras miradas se cruzan por primera vez.

Lo miro con toda la naturalidad de la que soy capaz. Con toda la naturalidad con la que es posible mirar cuando uno tiene tantas biografías como capas una cebolla; cuando se pasó los últimos años de su vida siendo otros y preparándose para este momento. Con toda la naturalidad que es dable esperar de quien mira por primera vez el rostro —anguloso y tenaz— de su destino.

—Buenas tardes, señor —digo.

Es un poco más alto de lo que había imaginado y no parece tan viejo ni tan frágil. Por un instante, su magnetismo me afecta y siento que estoy frente a la Historia. Recuerdo —o sé— Octubre y los discursos incendiarios, la organización de la insurrección y, después, del Ejército Rojo de los años heroicos. Sé —o recuerdo— los treinta y seis viajes del tren blindado recorriendo más de cien mil kilómetros, desde el Volga hasta las puertas de Crimea, bajo el fuego de los Blancos.

Pero es apenas un instante. Enseguida vuelve, inapelable como una orden, la certeza de su traición.

Sonrío, entonces, con una sonrisa de domingo a la mañana, de *pà amb tomàquet*, de antes de la guerra. Sonrío como si no estuviera frente al mayor enemigo del proletariado mundial; el judas del comunismo y de su patria, la URSS; el naipe marcado del imperialismo y los fascistas; el agente dilecto de la contrarrevolución.

—Espero a los Rosmer —digo, sonriendo.

Él no sonríe. Frunce el ceño y se acomoda los anteojos de marco redondo sobre la nariz judía. Lleva una camisa rayada de tela liviana, un chaleco de lana y un pantalón oscuro. Sus ojos acerados son puñales grises que me atraviesan. Una fuerza material. Siento su mirada como una corriente eléctrica en mi flujo sanguíneo. Puedo sentir también mi odio, la ansiedad, la ira.

Digo:

—Ya los fue a buscar el señor Robbins.

Un poco más allá, junto a la conejera, la esposa del Bastardo me ve y se acerca. Del otro lado del jardín, su nieto —un muchacho a quien todos llaman Sieva—, que acaba de llegar del colegio, juega solo con una pelota de fútbol. En la torre de vigilancia principal dos de los custodios —Schüssler y Cooper, creo— con sus metralletas al hombro, conversan despreocupados. Pero yo no presto apenas atención a nada de eso. Aunque tendría que estar evaluando salidas posibles, calculando tiempos y distancias, obstáculos y riesgos, toda mi atención está puesta en ese hombre que tengo enfrente después de tanto tiempo de vivir bajo el peso de su fantasma. Y su sombra.

Estiro la mano derecha, la que lo matará.

—Soy el amigo de Sylvia —digo.

Me parece verlo dudar pero puede que sea solo el sol que hace rebotar sus rayos contra los cristales de los lentes de marco redondo y le achina la mirada de acero. Son segundos eternos hasta que, después de secar la palma de su mano en el pantalón oscuro, da dos pasos hacia mí.

—Frank Jacson, mucho gusto —digo, y estrechamos las manos mirándonos a los ojos.

Como si él no fuera un condenado.

Como si lo que queda de su vida no me perteneciera.

Como si yo no fuera su verdugo.

Y el rostro de su muerte.

# 47. La novela de José Daniel

Antes de entrar recorrerán la calle Viena, donde estaba la entrada principal de la casa y ahora está la parte trasera del museo. Mario pondrá dos trípodes con dos teléfonos móviles y con una pequeña cámara fotográfica digital hará las tomas en movimiento.

—Nada de HD, nada de micrófonos, nada de Red One —le explicará a tu asombro—. Todo baja intensidad: filmaciones de celulares, de pequeñas cámaras de las que se usan para hablar por Skype, de alguna máquina de fotos de tipo familiar. Quiero que se note el espesor de un lenguaje no profesional, para que de ese espesor surja la historia. La vida del Gordo Felipe solo puede ser narrada desde esta precariedad técnica.

Tu barroquismo narrativo no podrá estar más en desacuerdo con ese plan, pero no dirás nada. Mario estará ahí para hacer imágenes para su documental, tú para planificar un asesinato en retrospectiva.

Pasará algo más de media hora hasta que termines con los planos y Mario con las tomas de la calle Viena y vayan a la entrada del museo.

Las muchachas que venden los tickets les avisarán, entonces, que el museo cerrará en una hora y que en un momento comenzará la última visita guiada de la jornada.

Mario comprará unos cuantos recuerdos: dos llaveros de madera, un lápiz, un apoyavasos. Le regalarás una réplica del gorro de punta que usaba Trotsky en el tren blindado. Se lo calzará y entrarán al museo.

Se repetirá la escena de la calle: mientras Mario junte material fílmico, tú armarás un cróquis con la posición de las torretas de seguridad, la altura de los muros, la distancia entre la puerta de entrada y la habitación donde está el escritorio, y entre esa habitación y la conejera.

Coincidirán el guía y unos cuantos turistas, alemanes y japoneses, junto a la tumba en la que están los restos de Trotsky y su esposa, Natalia Sedova.

Escucharán al guía decir que fue ella quien decidió que todo quedara tal y como estaba para mantener vivo el legado de su marido. Verán a los turistas alemanes y japoneses con paraguas enormes y coloridos sacarse fotos junto a la lápida con la hoz y el martillo tallados en el granito. Estarán atentos, los dos, a ver si pueden escuchar el murmullo del fantasma del viejo revolucionario asesinado a traición paseándose por el parque, entre la conejera y los muros, bajo la lluvia ahora tenue pero todavía incesante y hedionda.

A quien no verán ni oirán es a una mujer bajita de grandes gafas de marco redondo que, empapada y con un casco de moto bajo el brazo, los observará desde la entrada, tomando notas de cada uno de sus pasos.

El guía estará diciendo que al momento de la muerte de Natalia Sedova, en 1962, fue el nieto de Trotsky quien quedó a cargo del museo.

## 48. Los cumpleaños de Esteban

*Ciudad de México, 7 de marzo de 1962*

Esteban le dio un beso a Palmira y le avisó que saldría un rato.

Vuelvo para la cena, dijo.

Caminó sin rumbo y sin brújula por un buen rato. La Ciudad de México que era desde hacía ya veintidós años su hogar, donde había visto morir a su abuelo y nacer a sus cuatro hijas, volvía a ser tierra extranjera.

Natalia llevaba menos de dos meses muerta y él ni siquiera había podido despedirse. Como había pasado con su padre, su madre, su tío, la muerte la había encontrado lejos de él, en otro país —en un pequeño pueblo llamado Corbeil-Essonnes, durante unas vacaciones por Francia—, y él no pudo besarla, darle un abrazo, decirle adiós y gracias por todo.

Lo que no habían hecho las muertes violentas de sus seres más queridos, lo había logrado la sorpresiva y natural partida de Natalia. Necesitaba estar solo. Por primera vez en su vida, quería emborracharse y huir.

Entró en El Jarrito, se acodó en la barra y pidió un tequila.

Un tipo de nariz rota sentado a su lado lo miró un par de veces antes de hablarle.

—¿Sieva? How big you are, kiddo… —Y después, alzando su vaso—: Ey, José. Forget that tequila, tráele aquí al muchacho uno como el mío.

El cantinero, José, miró a Esteban, que asintió, y entonces se fue a preparar el trago.

—¿No me recuerdas? —preguntó el hombre de la nariz rota—. Solía estar en la guardia de tu abuelo.

La máquina de recordar de Esteban se puso en funcionamiento. Trató de ubicar el rostro del tipo de la nariz rota entre tantos rostros en las torretas de la casa hasta que lo encontró en algún rincón de su memoria.

—Creo que sí, ¿McPherrar, verdad?… Tanto tiempo, señor, ¿nunca se fue de México?

—Many times, muchacho, pero siempre estoy volviendo. And call me Hank, please.

José le acercó su bebida —un trago hecho en base a cerveza y mezcal, con lima, sal de gusano y tabasco— y Esteban alzó el vaso.

Brindaron con ese trago y con otro y otro más, mientras hacían desfilar los recuerdos de los meses en los que habían convivido en la casa de la calle Viena. McPherrar había llegado poco después del primer atentado.

—Eras un niño apenas, menudo susto debes haberte llevado —supuso.

A Esteban la lengua se le había puesto un poco gomosa por el alcohol y su memoria avanzaba atropellando y tropezando.

—Mucho más me asusté con el incendio de la casa de Prínkipo que, por raro que parezca, no se debió a un atentado sino a un calentador de agua defectuoso, de cuyo interior cayó alguna braza aún encendida hacia el piso exterior de madera.

Antes de continuar remató su vaso y lo levantó hacia José, pidiendo otro.

—Recuerdo —dijo— que Natalia me sacó de mi cama a media noche y quedé atónito y magnetizado por el dantesco espectáculo que tenía ante mis ojos: en la oscura noche nuestra casa estaba envuelta en gigantescas llamas, de las que salían brazas ígneas, luminosas, que se perdían en las alturas del negro cielo.

—Hijo —rio McPherrar— hablas como un poeta. ¿Cómo está la señora Natalia?

Una sombra cruzó el rostro de Esteban antes de contestar:

—Murió en enero último.

—Lo siento.

—Yo también, créame.

Hubo un momento de incomodidad en el que los dos hombres se refugiaron en sus vasos. Fue Esteban quien rompió el silencio.

—Hoy cumplo 36 años, Hank. ¡Na zdorov'ye!

—Congratulations, kiddo. ¡Salud! —dijo McPherrar—. A ver, pide un deseo.

Esteban vació su vaso de un trago.

—No —respondió—, nosotros no hacemos eso.

# Capítulo IX

# 49. El diario de Karen

Hay días que no lo aguanto más. Noches, sobre todo. Esta noche, sin ir más lejos.

Conozco a doña Eustaquia desde que me mudé aquí. JD ya la conocía. Es una antigua vecina de cuando la colonia era menos exclusiva y una madre soltera y operaria podía tener su casita aquí. Trabaja todo el día en una fábrica de muñecas en Neza y no usa, vaya uno a saber por qué, cell phone.

Hace un rato, cuando estaba comprando en la tienda de aquí junto, me contaron que Eduardito, su hijo, acaba de morir en un accidente de moto. Un niño de 23 años que iba a la casa de su novia driving con el casco puesto y, en una esquina, encontró un hijo de la motherfucking chingada que venía distraído o pendejeando con el móvil, patinó en el asfalto mojado por la lluvia y lo incrustó contra la vidriera de una lonchería. Y ahí quedó su cuerpo de 23 añitos, tajeado por los cristales, sobre los panes y las tortas, mientras las costillas rotas clavadas en sus pulmones le llevaban la vida.

Doña Eustaquia llegó hace veintidós minutos a su casa y hace veintiuno que ruge como un animal al que están destripando.

Hay —entre su casa y la nuestra— tres pisos, dos ventanas cerradas, todo el ancho de la calle y la lluvia que no deja de caer desde hace días. Pero su rugido atraviesa los tres pisos de distancia, perfora los vidrios de las ventanas cerradas, cruza la lluvia incesante, traspasa la música que suena aquí en casa y la charla de JD y el pinche argentino hasta llegar a mí.

Grita que no es verdad, que la están chingando, que venga.

Ven, le grita a su hijo que lleva horas muerto, con los pulmones perforados por sus propias costillas. Ven, hijito, no me hagas esto. No, grita, no. Ven.

Eso es el dolor. Eso es la muerte. This demential howl. Esos alaridos desgarradores. La pesadilla de la cama vacía en el cuarto del hijo de doña Eustaquia. La cena que nadie comerá esperando en la nevera. La discusión que ya no volverán a tener sobre la fucking moto. Todo ese espanto está en esos gritos.

Pero solo yo la escucho.

Yo, sentada con mi Corona en este cuarto a oscuras. Solo yo, que escribo para descargar la bronca y la impotencia. Y el desprecio por JD que sigue en la otra habitación escuchando música, tomando cerveza y platicando shit sobre la muerte mientras él y su amigo ignoran la muerte, el dolor, that demential howl.

Ahora pusieron un disco de T-Bone Walker. Blues, claro. Y creen que entienden un chingo.

La que no entiende soy yo. No entiendo cómo en algún momento pensé en hacerme novelista. Ni qué estaba pensando cuando me vine a vivir con uno.

Siento desprecio.

¿Qué puede saber del dolor? ¿Y de la muerte? ¿Qué puede saber de la vida?

¿Cómo va a saber algo de la vida o de la pinche muerte si no escucha los gritos desgarradores?

Fucking artist faggots que solo ven el dolor cuando viene mediado y estetizado por la literatura, el cine, la música.

Pero los gritos desgarradores de una madre, no. Eso no lo escuchan.

Too fucking real, motherfuckers!

A ellos solo les importan las muertes que les permiten contar una historia. Y ni siquiera como las cuenta Olguita, por ejemplo, en tiempo real, con los gritos reales retumbando en las tripas.

No.

Un interés de vampiro, carroñero.

De buitre.

De hiena.

A fucking jackal.

Me pregunto now cuánto hubo de eso en el interés de JD, hace quince años, cuando se acercó a la cama de hospital en la que empezó todo esto.

Nadie sabe lo sola que me siento.

Mañana tengo que salir temprano para el club, enfrentar a my little chaparritas, planificar jugadas, entrenar maniobras y practicar enceste. Actuar como si todo fuera a estar bien.

Pero nada va a estar bien.

Una tarde cualquiera, cuando vayan o vuelvan de su casa, va aparecer an asshole motherfucker patinando en la lluvia y las va a mandar a morir entre panes y tortas. Un día saldrán de jugar al básquetbol para ser secuestradas y que les roben un riñón en una operación ilegal que las dejará al borde de la muerte. Un día abandonarán todo para irse a vivir un amor descabellado y todo parecerá tener sentido. Pero un año después van a abortar porque él es muy viejo y tú, muy pendeja. Y no se lo van a perdonar nunca.

Después van a pasar los años y no van a saber ni quién es la persona con la que comparten sus vidas, cuando una noche, desde la casa que está cruzando la calle, se sienten en la oscuridad a escuchar el alarido primal de una madre cuyo hijo acaba de morir y entiendan su pinche soledad y el sinsentido de todo.

Van a entender que la única forma de no verlo, de engañarse, es hacer lo que hace JD en la habitación de al lado: look the world through a blind man eyes, poner la música que representa el dolor tan fuerte que tape los gritos del verdadero dolor, atiborrarse de cervezas y pensar otro cuentito, otra novelita, otra peliculita, otro panfleto que calme su conciencia tercermundista.

Qué no daría por estar en Texas, jugando pool, tirando dados, emborrachándome junto a Jackie con Miller, Coors o cualquier verdadera traditional american beer, poniendo canciones de Creedence en la jukebox, ignorando todo cuanto sé.

Porque lo que no sé es cómo llegué hasta aquí.

I really don't know.

## 50. Los recuerdos de Mario

Estoy seguro de que después, cuando recuerde esta semana enloquecida y enloquecedora, lo primero que voy a recordar va a ser la lluvia.

Constante, atemporal, hedionda.

Rotunda, incuantificable, gris.

Y voy a recordar también cómo la persistencia de esta lluvia hace que las horas se confundan y que cada uno de los días sea difícil de diferenciar del siguiente o el anterior.

Y sé que, pese a esa dificultad, cuando todo haya pasado y lo recuerde, en mi memoria esta será la tarde.

Esta tarde en la que dimos vueltas en redondo visitando las esquinas en las que suponemos que estaban los buzones donde debería dejar las cartas, la locación del antiguo Hotel Montejo donde sabemos que estuvo hospedado Mercader y donde debería hacer base yo, los recorridos y las rutas posibles, el cálculo de tiempo, para terminar disparando a unos árboles, testeando la precisión de la pistola y mi puntería, bajo el tesón de la lluvia.

Esta será la tarde que habrá horadado mi sentido de realidad hasta lograr que, como una luz tenue y lejana, la idea de que la Máquina de Felipe funcionara empezara a iluminar el cuarto pequeño de mi racionalidad.

# 51. La novela de José Daniel

Karen estará tirada en el sillón comiendo cacahuates y mirando en la TV una serie de vikingos, la mirada clavada en la pantalla gigante que cuelga de la pared de la sala. Contrastará la placidez de su cuerpo largo, lánguido sobre los almohadones del sillón, con la tensión que tú podrías reconocerle en la sonrisa feroz de labios apretados, las llamas en los ojos verdes, los suspiros sordos ante cada aparición de Ragnar Lodbrok —el actor australiano Travis Fimmel—, en la forma en que se le expandirán las fosas nasales al ver las avanzadas guerreras de la condesa Lagertha. Karen estará viviendo como propias —aunque sin moverse más que para agarrar como con desgano otro puñado de cacahuates— aquellas batallas épicas y brutales.

A unos pasos Mario revisará todos los papeles. Verificará que las seis series de documentos estén en los correspondientes sobres estampillados —uno para el comisario Salazar, los otros para cinco periodistas de cinco periódicos que podrían levantar la noticia: Juanito Carrá de *Novedades*, Pioquinto Manterola de *El Popular*, Alejandro

Ulloa del *Excelsior*, Walter Marini del *Heraldo* y el oscuro Fito Palacios del *Demócrata*—, estudiará una vez más los dos mapas, se asegurará de que la foto y las firma hayan quedado bien en el documento —libreta cívica, dirá él— a nombre de Miguel Di Liborio. Después dispondrá sobre una de las sillas el traje gris y checará la Star Sindicalista.

—Hey, Mario. Cuidado con eso —dirá Karen sin sacar la vista de la pantalla, como si fuera una perra de riña olfateando el peligro.

—¿A qué andan jugando con armas de verdad, you guys? —preguntará después, pero no esperará la respuesta y volverá a las batallas de los antiguos nórdicos y le gritará a la pantalla—. Come on, Ragnar, ¡Mata al pinche Rollo, cabrón!

Pero tú no verás nada de todo eso. Tú estarás frente al ordenador tratando de avanzar en la nueva novela de tu personaje desaforado y excesivo que es uno y es muchos, que esa tarde tampoco se dejará escribir. Y un escritor que escribe una novela que no quiere dejarse escribir es un perro mudo. Entonces, como un perro se busca en la repetición de los ritos habituales, encenderás un Cohiba cubano de los que suele mandarte tu amigo Lorenzo, echarás el humo al techo y mirarás por la ventana la lluvia que cae sin parar llenando el Defe de olor a mierda.

Te dirás, entre el humo y la lluvia, que con Mario dando vueltas, con toda la historia de la

Máquina, con los desencuentros amorosos con Karen y con esa lluvia infinita es muy difícil concentrarse en las historias del personaje mezcla de luchador social, intelectual aventurero y androide futurista llamado PIT2.

Pero enseguida te contestarás que no seas culero, que sabes bien que una buena novela no tiene que dar explicaciones y no puede dar excusas.

Quizá no sea hoy el día, decidirás, y al terminar el Cohiba bajarás al encuentro de Karen y Mario.

## 52. Los recuerdos de Mario

La memoria, como la cordura, es un terreno de fácil contaminación. Poco confiable. Basta que logre filtrarse una mínima alteración en su materialidad para que todo se haga permeable, poroso. Por eso tanto con la memoria como con la cordura hay que ser muy cuidadoso. Buscar un punto de referencia al cual volver y en ese punto cerrar filas. Para que los recuerdos se parezcan a lo que sucedió, para que la locura no nos gane la partida.

Una buena forma es tomar notas. Ahora anoto esto para no enloquecer. Y para recordar después.

Fue hace un rato. El Jefe, que se había ido a escribir, bajó y me preguntó si quería que repasáramos todo una vez más.

—Estaba en eso —le dije— ya guardé la Máquina, revisé los papeles, la pistola, los documentos. Ahí está el traje.

Y anoto ahora, para no poder engañarme después, que aunque es cierto que lo estaba haciendo, no es menos cierto que lo hacía sin creer en ello, como si estuviera actuando de alguien que sigue esos pasos. Porque ninguna alteración —ni el entusiasmo del Jefe, ni la preparación de los documentos falsificados, ni los disparos de prueba— había contaminado la materialidad del terreno poroso de mi cordura.

Aún.

—¿Entonces está todo listo? —preguntó el Jefe.

La yanqui, que había terminado de ver un capítulo de una serie de vikingos, boludeaba con su celular y, cada tanto, nos miraba socarrona.

—¿Me van a contar en qué andan con tanto misterio, papeles antiguos, disfraces and that fucking old gun?

Yo quería filmar un documental. Los preparativos del viaje eran cosas del Jefe. Y la yanqui era su mujer, no la mía. Así que no dije nada. Él respondió que estábamos metidos en un experimento para una película.

—Cuenten.

—Acá el amigo Mario va a viajar en el tiempo.

La yanqui mostró los dientes en lo que, en una loba hambrienta y en celo, podría haberse considerado una sonrisa.

—¿Y ya saben si el viaje tiene ticket de regreso?

—¿Cómo podríamos estar seguros de eso, Karen?

—¿Y a qué irás?, ¿a matar a alguien? —preguntó la yanqui dirigiéndose a mí, mientras señalaba la Star con la barbilla.

—Algo así —les seguí el juego—. A matar a un hombre y a salvar a otro.

La loba hambrienta y en celo volvió a sonreír.

—¿Y a qué fecha se supone que viajas?

—Se supone que al 20 de agosto de 1940.

Recostada como estaba en el sillón se puso a escribir en el teclado del celular y rio de nuevo. Escribió. Negó con la cabeza. Escribió. Y otra vez.

—Here we go —se dijo a sí misma. Se levantó del sillón, agarró un papel y una lapicera y garabateó unos números. Después caminó hacia mí hasta quedar tan cerca que resultara incómodo y dijo:

—Two things. La primera: mi amiga Olga Lavanderos es periodista y hace días que sabe que ustedes andan tramando algo gordo. Así que if you gonna kill somebody más vale que sea en el pasado y sin involucrar a JayDee, ¿oíste? Y la segunda —se acercó aún un paso más—: aquí tienes los números ganadores de la lotería de California del 23 de agosto de 1940. A ver si aprenden lo que es importante en un viaje en el tiempo, you fucking smart guys.

Y anoto ahora para no engañarme después —si alguna alteración, por mínima que sea, logra filtrar el terreno poroso de la materialidad de mi memoria, haciendo que mis recuerdos se vuelvan poco confiables— que fue en ese momento, cuando tuve en la mano los números ganadores de la lotería —una lotería perdida en el tiempo— que me darían de qué vivir en caso de que quedara atrapado en el pasado, que vislumbre como una posibilidad real no solo ir a 1940 a matar a Ramón Mercader del Río, sino que algo saliera mal.

Y que me di cuenta, también, de que ya era demasiado tarde para arrepentirme.

## 53. La crónica de Olga

Pongo la mano sobre la pila de hojas, las doscientas setenta y tres páginas de *Mandrake en la favela. Una biografía de Rubem Fonseca*, y me digo que tendría que dejarme de mamadas y llamar a Maurila, mi editora, para avisarle que la terminé, que puede venir a buscarla.

Buscarla, pienso.

¿Qué buscan un cineasta argentino y un escritor mexicano husmeando alrededor de los lugares que habitó Trotsky?

Enciendo mi móvil. Si le aviso ahora tal vez pueda ver a Maurila esta misma tarde.

Tarde, pienso.

Me pasé la tarde de ayer —bajo la lluvia que huele a caca, en mi motocicleta— tras Fierro y el tal Mario. ¿Por qué fueron a disparar contra los árboles del Camino de los Dínamos? ¿Para qué compraron balas para una pistola española Star-1919? ¿Por qué después recorrieron la Casa Azul y el Hotel Montejo y la vieja redacción del diario *El Popular*?

Tal vez pueda mandarle la biografía por mail. Aunque sé que a Maurila le gusta más leer en papel, lápiz en mano. Con un lápiz negro garabateo algo en la primera de las doscientas setenta y tres páginas, junto a la palabra "favela". Termino el garabato y lo miro extrañada. Tiene la forma de un signo de pregunta.

¿Por qué el argentino que después andaría comprando municiones viejas y disparándole a los árboles me dijo en el avión que venía a México a matar a un hombre? ¿Quién podría ser el objetivo vivo que uniera el Museo Trotsky con municiones de 1940? ¿De qué manera entra en la ecuación el marido de Karen —un escritor medio rojo, medio anarquista— cuya participación política más directa fue en el Municipio Popular de Santa Ana hace más de quince años?

Me doy cuenta de pronto de que, con lo mucho que lo quise, mis recuerdos de Trotsky se reducen a dos fragmentos de textos suyos que me gustaron de chava: *pensando que el campo de batalla le pertenecía, empezó a actuar por sus propios medios* y —de *Resultados y perspectivas*— *qué bien está que los obreros confíen en la voz de la primavera.*

Tengo que concentrarme en lo importante, pienso. Hago mis elucubraciones a un lado y enciendo el ordenador dispuesta a escribirle a Maurila, mi paciente editora, para contarle las buenas nuevas. Pero la pantalla se abre en Google y genera una nueva interferencia en mi voluntad.

¿Cuáles son las interferencias en la onda de radio que produjeron que Karen me contara que su marido y el pinche amigo andaban dando vueltas con un disfraz y un montón de documentos falsos? ¿Cómo se unen esas líneas invisibles en el aire? Se va creando un enorme territorio de preguntas donde cabalga la duda.

Tal vez sea mejor que llame a Maurila, pienso. Me levanto a buscar el teléfono pero vuelvo al escritorio con una Tecate bien fría y las anotaciones que tomé bajo la lluvia mierdosa mientras perseguía a Fierro y el argentino estos últimos días.

¿Qué o a quién buscaban en Coyoacán? ¿Quién puede ser un testigo de la vida de Trotsky que todavía esté vivo y en el Defe? ¿Qué buscan ellos? ¿Qué busco yo? ¿Un lugar, un dato, un nombre?

En mis anotaciones de cuando visitaron el museo un nombre resalta sobre el resto. Lo busco en Google: mañana cumplirá años, noventa años.

Otra de las cosas que sé del trabajo como reportera de la nota roja es que lo que se nos aparece como una corazonada suele ser en realidad conocimiento del oficio, el olfato hiperdesarrollado del tiburón blanco en busca de sangre. La antena percibe una frecuencia que aún es demasiado baja como para decodificarla pero ya está ahí.

Hago un círculo sobre el nombre y le mando un wasap a Karen preguntándole si su marido y el argentino en algún momento hablaron de él.

Sí, mexican witch, me responde enseguida, ¿cuál es el pedo?

Siento que la interferencia es cada vez más fuerte y el tiburón blanco estrecha sus círculos alrededor de la sangre.

Esto puede esperar, me digo, mientras guardo las doscientas setenta y tres páginas en un cajón, segura ya de que no voy a llamar a Maurila, no voy a llevarle el manuscrito ni voy a mandárselo. Me resigno a que hasta que no vea a dónde me lleva esta pista, *Mandrake en la favela* estará más muerta que mi cuate el Niño de Oro.

Después busco un número en el listín telefónico y llamo. Suena tres veces antes de que me atiendan.

—Buenas tardes, ¿señor Volkov? Mi nombre es Olga Lavanderos y soy periodista…

## 54. La novela de José Daniel

Mario te pedirá que le ajustes el nudo de la corbata y tú se lo pedirás a Karen. Resultará gracioso darse cuenta de que ninguno de los tres tiene la más *pinche* idea, dirás tú, de cómo *carajo*, agregará Mario, se hace un *fucking* nudo de corbata, rematará Karen.

Tendrán que buscar en internet y lo lograrán, mal que mal, al cuarto intento.

Después Karen se irá a bañar y quedarás solo con tu cuate ya casi transformado en otro: sin barba, con un bigote que le llegará apenas hasta la comisura de los labios y el pelo peinado a lo Gardel, todo hacia atrás y brillante de Glostora.

—¿Me das un pucho? —pedirá Mario y, después de largar la primera bocanada de humo, dirá—: Tres años, cuatro meses y diecisiete días sin fumar. Y vengo a caer ahora, ¿podés creer?

Pensarás que lo que te resulta increíble, en realidad, es que alguien se pase algo así como mil doscientos días sin tabaco.

—¿Nervioso, güey? —preguntarás.

Y Mario, que habrá terminado el cigarrillo en cinco pitadas, dirá que no, que apenas un poco malhumorado porque ayer su River no le pudo ganar al Boca. Pero que fuera de eso no, que cómo se te ocurre, si los dos saben que esto es una boludez, divertida, pero una boludez; que se va, hace la prueba y en un rato vuelve; que lo esperes con un par de birras en la heladera; que de hecho podrían tomar una ahora, antes de que arranque.

Y se darán un recreo para tomar las cervezas.

—Bueno, mejor me pongo a grabar así terminamos con esto de una vez, ¿te parece? —dirá Mario con el último trago y se pondrá a tomar imágenes del bolso en el que estará guardada la Máquina, de los documentos falsos, de los sobres. Por último te pasará el móvil, sentirás en su mano el frío sudor de los nervios— para que lo filmes a él.

—Son las seis de la tarde del lunes 7 de marzo de 2016, mi nombre es Mario Barrett y estoy a punto de viajar en el tiempo —dirá abriéndose el saco gris, sacará la Star Sindicalista de la cartuchera y apuntando hacia el móvil que sostienes en tus manos, amenazante—. Estoy a punto de viajar en el tiempo a evitar el asesinato de Trotsky.

—A ver, ¿quedó? —preguntará.

—Te tiembla la mano, Mario. Tú estás con un miedo que te cagas.

—Andate a la concha de tu hermana.

Sea o no por el miedo tendrán que repetir la toma, igual que el nudo de la corbata, varias veces hasta que quede bien. Cuando lo logren, será la hora.

—Bueno, me voy —dirá Mario—, nos vemos dentro de un par de horas.

—Yo me quedo aquí escribiendo, compadre. Tú ve ahí fuera y chíngate a ese hijoputa.

## 55. El diario de Karen

Well, there's the thing. Puedo tratar de engañarme cuanto quiera pero sé bien cómo se desen-
cadenó. Lo que no sé es dónde va a terminar.

Y eso que era algo esperable. Inevitable. Estaba claro, desde el día en que toqué su puerta apenas después de que llegara mi carta, que en algún
momento esto iba a pasar, que la desigualdad se
haría notar.

Bastante se hizo esperar. Con lo que fuma,
con lo que bebe, con sus fucking sesenta y seis
pinches años de sedentarismo intelectual.

Y, I know, nos podemos pasar la vida diciendo
que no importa, que a todos les pasa, que no es
nada, que hay otras cosas que se pueden hacer.

Hell, yeah.

Una vez, vale.

Dos.

Pero tres veces es una serie.

Y una empieza a sentir la sangre corriendo
enloquecida dentro de su cuerpo todavía joven y
a preguntarse si that's it, si hasta ahí llegó el asunto, mientras le acaricia los pelos canosos y finos,

trata de que no se le escape ni una sonrisa —que pude ser interpretada como burla—, ni un gesto de malhumor —para que él no sienta que hay bronca— y le repite aquello que tantas veces fue dicho y oído en so many different beds: que no es tan grave, que qué güeva.

Y sin embargo algo crece por dentro, pertinaz, como la lluvia de mierda que no deja de caer en esta ciudad de mierda.

Porque una pudo soportar la repetición de Santa Anas.

Santana.

Santa Ana.

Ana, la santa.

Que el puto guitarrista sobrevalorado que tanto admira. Que el recuerdo de las semanas heroicas del Ayuntamiento Rojo y los meses posteriores de preso político. Que la sombra de la hija de la chingada de su exmujer, mexicanísima ella, madre de su única hija y santa esposa, aunque al final no haya podido con sus locuras y lo haya dejado.

Y lo sobrellevó porque valía la pena. Porque sus novelas eran muy buenas, una estaba enamorada y el sexo era fuerte.

Y no le dijiste que el chicano ese de la guitarra es capaz de un solo fraseo. Ni que a nadie le importan las historias de derrotados. Ni que su exesposa sería más buena que el fucking pan pero lo dejó para casarse con un empresario japonés cha-parrito y medio cojo, sin devolverle nunca las no-velas de Manchette ni el suéter azul de cuello de tortuga del que tanto habla.

Y no lo hiciste porque sus anécdotas eran siempre interesantes y seguías enamorada y el sexo era feroz.

Y muchas veces, muchas más de las que lo hiciste, hubieras querido decir que te gustan The Doors, entre otras cosas porque Morrison was so hot, y los libros de Stephen King —pero más que nada las películas que hacen sobre los libros de Stephen King— porque están llenos de terrores y fantasmas. Y que en cambio no te gus-tan tanto las exesposas mexicanas y santas, por-que eres una texana de treinta y seis años con un solo riñón pero con sangre abundante y caliente.

Y elegiste no decirlo —o decirlo menos veces y con menos énfasis— porque para qué, si él te-nía un pasado tan heroico y un bigote tan sexy, estabas cada vez más enamorada y el sexo era duro.

Y los momentos lindos. Y los nuevos amigos. Y el descubrimiento de la cocina mexicana. And so forth.

Era como en todas las parejas: había momen-tos de distancia, de zozobra, de tedio, de disgusto. Muchos momentos en los que, por ejemplo, su trabajo parecía contar y el tuyo no. O en que no se tenía en cuenta la terrible nostalgia que sentías por tu tierra.

Pero nada era demasiado grave porque estabas enamorada, claro. Pero además porque ese amor se sostenía en su firmeza, if you know what I mean.

Hasta una, dos, tres veces fallidas —can you imagine?— y empiezas a sumar la docena de cervezas y los dos paquetes de Delicados sin filtro a los treinta años de diferencia y las cuentas get wrong, wrong, wrong.

Entonces ya no parecen tan buenas sus novelas, ni tan interesantes sus anécdotas, ni tan heroico su pasado, ni tan sexy su bigote canoso y villista que crece más del lado izquierdo cayéndole un poco sobre el labio.

Entonces ya no puedes escuchar ni una vez más "Black Magic Woman", ni las anécdotas del 68 o del Municipio Rojo, ni la repetida queja sobre las novelas de Manchette perdidas.

Entonces las pick up lines del conserje del club o del papá de una de las chavas del equipo ya no suenan tan desubicadas, los recuerdos de antiguos amores nos visitan en los momentos de soledad, su amigo que está parando en casa parece más una tentación que un estorbo y todo it's a mess.

No sé, quizá esté exagerando. Quizá después de un polvo hard, strong and rough todo vuelva a estar como estaba. Pero pueden pasar semanas en las que José Daniel esté distraído organizando algún mitin o escribiendo hasta tarde, semanas hasta que la hora de la cama llegue de nuevo.

I don't know.

Creo que el argentino se estaba por ir.

Voy a ducharme, buscar a few beers y ver si tenemos más suerte que las últimas veces. Perhaps valga la pena intentarlo. Quizá todo el pedo sea que en esta ciudad de mierda que JD quiere tanto no para de llover.

Y así no hay cabeza que aguante.

## 56. La novela de José Daniel

*Lo que sabes y lo que eres*

Estás apagando el segundo cigarrillo cuando Karen entra en la habitación con dos latas de cerveza.

—Oh, are you working —dice—. ¿Y Mario?

Hay una pausa. De solo verla se te reseca la boca y sientes que rejuvenece tu sexo.

No me falles, carnal, piensas.

—Se fue. Tenía algo que hacer.

Karen toma un largo trago de su cerveza y tú la imitas. Vacías la lata y te quedas mirándola como un objeto extraño antes de apoyarla entre el ordenador y el cenicero.

—¿Vuelve?

—No sé, creo que sí.

—¿Y qué escribes?

Te detienes un momento a pensar la respuesta.

—Algo así como ciencia ficción —dices después.

—¿Sci-fi?, ¿una novela?

Apoya su pecho en tu espalda y espía la pantalla. Después se pone frente a ti y te ofrece de su cerveza, al tiempo que sonríe.

—No, son apuntes para un guion. Una película.

La carcajada rompe el dique de la sonrisa y se transforma en risa salvaje de pura violencia texana. Enciendes un nuevo cigarrillo y dejas que el humo se mezcle con el sabor de la cerveza en la boca. Lees la última oración escrita en la pantalla luminosa: *Nunca llegará a ver el rostro del desconocido.*

—¿Un guion? ¿Y la novela del personaje tuyo ese medio Speedy Gonzales, que es muchos y uno? ¿What about that?

Como toda respuesta te encojes de hombros.

—¿Y a qué hora se te dio por escribir un guion, you?

Miras la hora en el margen inferior izquierdo de la pantalla y calculas: veintiún minutos. La pila de libros espera, como tú.

Anotas en un papel: *pasar todo a tercera.*

Debe haber echado las cartas y estará en el hotel, piensas, si no ya habría regresado.

—Será un gran guion, verás. Lo vamos a escribir a cuatro manos cuando Mario vuelva.

—¿Sci-fi, really? —insiste Karen sin dejar de reírse—. ¿Con el argentino?

El cosquilleo abandona tu entrepierna y te sube en forma de fuego por el estómago.

Piensas que faltan veintiún minutos.
O veinte.
Diecinueve, quizá.

# Capítulo X

## 57. La cuenta regresiva de Ramón

*17 de agosto de 1940*

Llego apenas pasadas las cinco. Me abre la puerta Joe Hansen, secretario personal del Traidor, y enseguida va a anunciarme. El calor aprieta. Me saco con cuidado la gabardina y la doblo tal como hice hace un rato frente al espejo. Tengo la espalda bañada en sudor. Para distraerme, y porque para eso vine, observo la casa por última vez: la conejera a mi izquierda, las dos torretas de seguridad —en la principal distingo a Jack Cooper, en la otra a un hombre de espalda ancha, supongo que Charles Cornell—, el jardín en el que trabaja el viejo Melquíades. Un poco más allá la puerta de la cocina, donde Robbins charla con una de las cocineras.

—Dice que pase. Por aquí —me invita a seguirlo Hansen.

Bordeamos el jardín, en cuyo extremo está el Traidor, hablándole a uno de sus perros. Mi corazón se acelera a cada paso. Llegamos a su lado. Le habla en ruso, llego a pensar, pese a todo cuando habla con su perro lo hace en ruso.

—Buenas tardes, Jacson —me dice, en francés—, vamos a ver ese artículo que tengo que seguir trabajando. —Y entramos a su despacho.

La cueva del Traidor, su guarida. El lugar donde aquel tipo trama las peores iniquidades: un escritorio grande, del tamaño de una mesa de cocina, plagado de papeles, libros, periódicos, lápices y lapiceras; dos bibliotecas pequeñas en las que se amontonan libros en ruso y francés: las obras de Lenin, de Marx, algunos de sus propios trabajos; una silla de madera con el respaldo y el asiento de paja; un armario con una lámpara y un fonógrafo.

—A ver… —dice y me saca de mis cavilaciones.

Le doy el artículo. Se sienta frente al escritorio, acomoda los anteojitos redondos sobre la nariz judía. Justo a su alcance, en un cajón entreabierto se ven las culatas de dos armas: un Colt 38, adivino, y otra más chica, calibre 25 o 22. Se pone a leer enseguida. Niega con la cabeza nomás empezar.

Yo me apoyo en un mueble que encuentro a sus espaldas. Me olvido entonces del hábitat y me concentro en él, en su nuca, en el espacio entre la cabellera hirsuta en la que planeo hundir el piolet. Un golpe. Un solo golpe. Uno, pienso. Uno será suficiente. Menos de quince metros separarán su muerte de mi huida. Para cuando yo haya llegado a la puerta de la calle Viena, el Renegado será un cadáver tendido sobre una cama hecha con su propia sangre.

—Hay que reescribirlo todo, Jacson —dice, como si estuviera leyendo el libreto que preparamos con Kotov. Y me da una serie de indicaciones para que el texto quede más claro.

En la máscara que llevo se dibuja un gesto de decepción y penitencia mientras mi alma festeja. El libreto fluye sin interrupciones.

—Puedo hacerle las modificaciones que me señala y traérselo.

—No sé, Jacson, estoy muy ocupado.

—No será más que un momento, usted ya conoce el texto.

—Le hace falta mucho trabajo. Mucho.

—Lo comprendo, sí. Pero puedo dedicarle unos días nada más que a esa tarea.

—Pero debe repensar todo el enfoque sobre Francia…

—Claro, claro.

—… y sobre todo reforzar su posición sobre Burnham y Schatman.

—Por supuesto. Y por eso sería muy importante para mí que usted lo supervisara una última vez.

—No sé, no sé, ¿para cuándo cree que puede tenerlo listo?

Esa, lo sé, es la línea que definirá todo.

—En un par de días. Dos o tres. Cuando usted me diga.

Y entonces, tal y como planeó Kotov, después de un breve momento de duda, el Bastardo le pone fecha y hora a su propia condena.

—El sábado. A las cinco. Pero, por favor, sea puntual, Jacson, que tengo mucho trabajo.

Me gustaría decirle que esta vez se enfrenta a un verdadero comunista y no a un borracho imbécil como Siqueiros, que voy a ser eficaz y anónimo como Zborowski.

—No se preocupe —respondo—. No lo voy a hacer esperar.

## 58. Los cumpleaños de Esteban

*París, 7 de marzo de 1938*

Temprano, muy temprano en su vida, el niño al que en algunos años llamarían Esteban aprendió a contar los días, las horas, los minutos que lo separaban de la última vez que había visto a un ser querido.

Tempranísimo, cuando tendría que haber estado jugando *Pyanitsa* o *Koshka i myshi*, supo que todo lo que nace está destinado a morir y que en este mundo —al menos en la porción de este mundo que a él le había tocado habitar— cada momento podía ser el último.

A los cinco años se despidió por un tiempo de su padre, que se quedaba en Rusia. A los seis, de su madre que lo dejó en un colegio internado para ir a tratarse de algunos problemas de salud. A uno lo fusilaron, la otra se suicidó. Se enteró, de una cosa y otra, mucho después.

Así fue que temprano, el niño al que más adelante y en otro país llamarían Esteban comprendió que tenía que estar atento, leer las señales para detectar en los gestos y los rostros adultos la presencia de la violencia y la muerte. Y que la muerte y la violencia traen consigo cambios, mudanzas, nuevas costumbres, otras ciudades: de Moscú a Prínkipo, después del incendio Kadiköy, y de regreso a Prínkipo y de ahí a Berlín, Viena, París.

Por eso cuando el 9 de febrero Jeanne le dijo que el tío León había tenido que ir al hospital por una pequeña operación sin riesgos, acompañado por el camarada Etienne, el niño al que un día todos conocerían como Esteban empezó a contar. Y contó un día y otro hasta llegar a siete. Y el séptimo día, Jeanne llegó llorando y él confirmó que no había contado en vano, que el tío León había muerto. E imaginó que un día —no en ese momento, ni la semana siguiente ni el próximo mes, pero un día— se enteraría de que esa muerte también había sido violenta. Y que —como con el suicidio de su madre, el fusilamiento de su padre— un nombre y tres letras andarían sobrevolando: Stalin, GPU.

No podía imaginar, en cambio —lo sabría cuando ya se llamara Esteban—, que el entregador de su tío había sido el amigo y camarada Etienne, cuyo nombre real era Mark Zborowski, quien lo había llevado a una clínica llena de agentes enemigos. Y que ahí, ellos se habían ocupado de que el tío León nunca se recuperara de una rutinaria operación de apéndice.

Por eso esa tarde de marzo de 1938 —veintidós días y contando— en la que sabía unas cosas e ignoraba otras y en la que cumplía doce años, el niño no estaba de ánimo para festejar.

Aun así, por insistencia de Vera Lanisse, la compañera del camarada Molinier, hubo reunión, pastel de cumpleaños, velas y todos se esforzaron en cantar en ruso aquello de lamentablemente el cumpleaños es un solo día al año.

К сожалению, день рождения

это только один день в году

Y cuando terminaron Vera le dijo que pidiera un deseo.

Pero Jeanne —ahora viuda del tío León, a la que cuando Esteban ya sea Esteban recordará como una mujer herida, llena de dolor y de tristeza, muy rígida y con ideas a veces absurdas— lo miró fijo y negó.

Entonces el niño que tiempo después en un país llamado México sería conocido como Esteban se encogió de hombros y en un francés apenas audible respondió:

—Pour que?

## 59. Un guion para Miguel

Más que sentirse mareado, Mario es un mareo que crece y se expande por la calle de tierra en la que tiene apoyada la rodilla. Del ocre de los primeros instantes van emergiendo colores y en su interior crece Miguel Di Liborio como crece el mareo, la transpiración fría, el frenético palpitar de las pupilas y el desorden de su ritmo cardíaco. Se pone de pie y respira profundo. A la tercera inhalación los oídos salen del cono del silencio y tal como llegaron los colores llegan los sonidos de esta ciudad en la que hasta recién, un recién de siete décadas, llovía y en la que ahora lo agobia el calor.

Avanza consciente de cada paso como un bebé que comienza a caminar. Esporádicas puntadas explotan dentro de su cabeza.

Detiene su andar y se apoya en un árbol. Se pregunta cuánto durará este jet lag espacio-temporal. Piensa por un momento en que su cuerpo se acaba de descomponer en millones de partículas invisibles para reconstruirse después. O antes. Vomita. Vomita un líquido verdoso que no sabe a qué atribuir.

Un hombre se acerca y le pregunta si está bien.

Miguel asiente y le pregunta dónde puede comprar cigarros. El hombre le da uno ya encendido y dos más.

—Tenga.

—Disculpe pero, ¿qué día es hoy? —dice Miguel tras la primera pitada.

—20 de agosto, maestro. ¿Seguro que se encuentra bien?

¡20 de agosto, Gordo, la puta que te parió, que no ni no!, piensa Miguel, pero necesita confirmar y pregunta el año.

El hombre se aleja, un poco asustado, pero mientras se aleja responde:

—1940, maestro, ¿qué año va a ser?

## 60. La cuenta regresiva de Ramón

*20 de agosto de 1940*

Salgo del cine más nervioso de lo que querría, aunque bastante menos de lo que estaría casi cualquier otro. Una hora, poco menos de una hora me separa del momento que tanto esperé, menos de una hora para que enmudezca la voz —metálica y dura—, para que se detenga la pluma, para que se apague el cerebro más peligroso y dañino de este siglo, el siglo de la revolución proletaria. Y seré yo quien lo enmudezca, lo detenga, lo apague. Yo. Mía será la mano que sostenga el piolet justiciero, mío el brazo que lo deje caer sobre el cráneo del Bastardo Traidor, pero cuando lo haga será también el brazo de Caridad, el brazo de África, el brazo de Kotov, el brazo de todos los compañeros del Quinto Regimiento. Cuando le dé muerte, mi brazo será el brazo del Camarada Stalin.

El Buick está en un garaje. Lo pongo en marcha y ordeno todo con el ronroneo del motor como música de fondo. Me calzo la 45 en el cinturón, cubierta por la chaqueta. En un bolsillo, doblados a la mitad, los folios con el artículo corregido. En el otro la carta. La saco, la releo una vez más y con mi pluma de tinta azul estampo la fecha en la primera página y mi firma —su firma: Jac de Jacson, Jac de Jacques— en la última, después la vuelvo a guardar. La gabardina con el puñal y el piolet de mango recortado espera en el asiento del acompañante. Enciendo un pitillo y arranco con destino a la calle Viena.

El aire que entra por la ventanilla del Buick es cálido, la caricia de despedida del verano mexicano. Si todo sale bien, esta misma noche estaré camino a Santiago de Cuba, camino a volver a ser yo mismo. Si algo no sale tan bien... No. Mejor no pensar en eso. Lo importante es que esté donde esté yo, en un rato el Renegado va a estar en una fría camilla de la morgue judicial.

Tengo que desviarme un poco para pasar por la puerta del Colegio Ruiz de Alarcón, fundado por españoles exiliados, y ver salir a Sieva, apenas apartado de sus compañeros. Si me apuro, cuando él llegue a la casa todo habrá terminado. Entonces alguien le impedirá entrar y le habré ahorrado al pobre muchacho presenciar la muerte de su abuelo. De alguna extraña manera me encariñé con el niño. Lo único que voy a extrañar de toda esta maldita parodia será charlar con él, verlo jugar al fútbol o con su perra, presenciar su trabajoso paso del francés a un español con eufonías inclasificables y múltiples. Me gustaría tocarle el claxon, sacar la mano por la ventanilla y saludarlo. Pero no lo hago. No es momento para estupideces.

Hoy es un día de muerte, pienso.

Después de hoy, la clase obrera mundial tendrá un problema menos —uno grande— de que preocuparse. Y yo seré su héroe secreto.

Como si de un tour se tratara, conduzco también hasta la casa de Diego Rivera y Frida Kahlo, el primer lugar al que me acerqué a espiar cuando llegué. Y hoy es la gira de despedida, así que cruzo despacio la esquina de Allende y Londres, desde donde puedo ver el portón de madera y el interminable paredón azul, antes de alejarme rumbo a la calle Morelos.

Giro en la avenida Viena y estaciono a unos pocos metros de la puerta de entrada. Una cuadra y media más adelante, tal como me prometió Kotov, hay un Chrysler verde que aparenta estar vacío. Aunque sé bien que no lo está.

Mis manos sobre el volante, confirmo, no tiemblan. Los nervios son un río caudaloso arrasándolo todo en mi interior, pero la fachada de Jacques Mornard —o Frank Jacson, como prefieran— es imperturbable. Reviso todo por última vez: el artículo y la nota, en el saco; la pistola, al cinto; el puñal y el piolet, escondidos en la gabardina. El reloj: faltan cuatro minutos para la hora de la cita. Cierro la puerta del Buick pero sin echar llave —cuando salga cada segundo valdrá oro— y me dirijo con decisión hacia la casa.

No he llegado a dar media docena de pasos cuando escucho la voz a mis espaldas.

# 61. Un guion para Miguel

Se mira en el espejo y le cuesta encontrarse en ese hombre de bigotes oscuros, pelo envaselinado y traje gris. Apenas se reconoce en los hombros caídos, el cuerpo alto y delgado pero con panza cervecera, en los ojos encendidos de lo que parece ser resaca pero es el cimbronazo en el cuerpo de este viaje imposible.

De a poco se va estabilizando.

Alquilar esta habitación aunque solo vaya a estar acá unas horas —¿iré a estar acá apenas unas horas?, se pregunta— fue un gran acierto. Después de bañarse con agua helada el malestar empieza a remitir y el año 1940 puede instalarse con mayor comodidad en su cuerpo. Ya echó los sobres para el comisario Salazar y para los periódicos en los buzones correspondientes.

Ahora solo resta esperar. En poco más de una hora se pondrá en marcha.

Confirma el nudo de la corbata, el sobre con la documentación que tiene que dejar junto al cuerpo, la Star en la sobaquera de cuero, el papelito con los seis números que le dio Karen en el bolsillo del saco. Vuelve a mirar los números redondos y aniñados de Karen en el papelito.

Los escribió ayer, se dice, ¿o fue el día antes?

Trata de recordar y el mareo vuelve como una ola en una playa desierta. ¿Cómo viajan los recuerdos hacia atrás? El mareo crece: mejor no pensar. Fue dentro de setenta y seis años.

Enciende uno de los dos cigarros que le quedan en el bolsillo.

Tres años, cuatro meses y diecisiete días sin fumar y ahora me fumé dos en, empieza a pensar pero la idea lo devuelve al mareo y el vértigo.

Mira la hora. Son las cuatro y diez. Allá, calcula, serán alrededor de las ocho menos veinticinco. Se pregunta entonces si el Jefe estará escribiendo, si Volkov habrá recibido ya a su familia. Y se pregunta también si será capaz de hacer lo que tiene que hacer.

Vuelve a mirarse al espejo: claro que voy a ser capaz, le dice a su propio reflejo, se lo debo. La amistad, dice en voz alta, es el primer comunismo.

Mi amigo el Gordo, piensa. Después piensa que ya que llegó hasta acá podría irse hasta Buenos Aires, que en tres días le van a meter cinco a Racing con dos de Pedernera, dos de Labruna y uno de Deambrosi. O de Muñoz, no se acuerda bien.

Es un momento, apenas, pero después de eso ya no le cuesta tanto reconocerse.

## 62. El mudo lenguaje de los objetos

*Ciudad de México, 20 de agosto de 1940*

La mano que me carga está sudada y fría. Eso puede ser un mal augurio. Pero prefiero ignorarlo porque esas manos, transpiradas y frías, no tiemblan. Ese es un buen augurio.

Porque yo, que nací para matar, nunca he actuado. Y mi suerte está por cambiar.

Durante algún tiempo, mientras mis hermanas ganaban para todas nosotras el apodo de la Sindicalista, matando patrones en Barcelona y en Madrid, yo descansé en el cajón del escritorio de un periodista —rojo, pero inofensivo— que de tanto en tanto me llevaba a pasear en el bolsillo de su saco.

Nunca me usó. Se sabe, nuestra vida está signada por las circunstancias. Y el periodista, aunque a menudo estaba metido en problemas, nunca necesitó de mis servicios.

Terminada la guerra, crucé el Atlántico desarmada y engrasada, envuelta en una franela anaranjada dentro de mi caja original, en una valija entre calzones y camisetas. Un viaje larguísimo, hasta llegar a México.

Una vez allí, ya ni siquiera salía a la calle.

En algún momento pasé de las manos del periodista a las de su nieto, un escritor de novelas policíacas que, la única vez en su vida que tuvo necesidad de un arma, no me llevó con él.

Así pasaron los días que fueron meses y también años, y nunca fui disparada, no digo ya contra un hombre, sino para hacer puntería contra una botella, para ahuyentar a algún gato maullador una noche de verano, para festejar el campeonato de Pumas en el 81.

Nunca.

Pero ahora mi suerte está por cambiar.

Hace unos días el escritor me sacó de la caja, me cargó con ocho balas calibre 7.65 y me llevó con el tipo de las manos transpiradas y frías. Hablaron largo y tendido, ajustaron detalles, repasaron el plan una y otra vez. Los escuché en silencio. Su ansiedad crecía igual que la mía.

A la mañana siguiente tomamos el camino al desierto de los leones y, en un lugar llamado Parque de los Dínamos, el tipo de las manos transpiradas y frías vació mi cargador contra unos árboles.

Ahora se mira en el espejo de una habitación de hotel. Lleva un traje gris de tres piezas y el pelo peinado hacia atrás, con fijador.

Cargada de nuevo, me guarda en una sobaquera de cuero que me compró el escritor. Sus manos siguen transpiradas y frías, pero no tiemblan.

Salimos de la habitación.

Vamos a matar a un hombre.

## 63. Hipótesis

Interferencias en un diálogo entre Felipe
y el Gordo: el nuevo curso

*Pensemos que el Viejo no conoció los campos de
exterminio ni la solución final ni el uso de la bomba
atómica ni el nuevo orden mundial nacido en Yalta
y Postdam.*

*en ese sentido sus últimos escritos no son más que
una contribución inacabada a los debates de sus he-
rederos, en los que la cuestión de las guerras y la carac-
terización de la urss estarán indisolublemente unidos*

*Por eso: la lucha de clases es un hilo que permite
entender fenómenos que aparecen, a primera vista,
como un estrépito insensato de ruido y furia, delirios
y pasiones.*

*pero la historia no se reduce a un simple enfren-
tamiento en torno a líneas límpidas*

*Por eso: hay que trazarse un camino dentro de
esa complejidad.*

*y trotsky sería fundamental*

*¿Entonces estamos de acuerdo? Manos a la obra.*

## 64. La novela de José Daniel

*Lo que sabes y lo que eres*

Enciendes un Cohiba de los que te manda cada tanto tu amigo Lorenzo desde La Habana y que fumas cuando subes a escribir.

Te sientas frente al ordenador. Tras tu ventana el Defe es puro diluvio, una cortina de agua interminable que tiene el color de un caño de plomo y huele como mierda de burro.

Te sientas frente al ordenador con el Cohiba humeando entre tus labios. Mueves el mouse y la oscuridad es devorada por el brillo de la pantalla que ilumina las teclas hundidas por el uso, cada una gastada en el lugar donde tus dedos golpean en repetición mecánica, una vez y otra. La A, por ejemplo, en el extremo interno, como las escaleras cerca de la baranda. Igual la S y la D. La E, la O y la L, en cambio, en la base. La V justo en el medio, borroneando el contorno blanco sobre la tecla. La M y la N en el ángulo superior izquierdo.

Te sientas frente al ordenador, mueves el mouse y escribes, con el Cohiba entre los labios, el humo que te sube por el bigote canoso, *La segunda vida de Miguel Di Liborio.*

Borras *La segunda vida de* y escribes *Un guion para.*

Doble espacias.

Escribes:

*Me ubico detrás del árbol, en una posición en la que no pueden verme desde la casa ni desde el Chrysler verde de la GPU. Prendo un cigarro con las manos temblorosas pero enseguida lo apago: quizá vean el humo y lo arruine todo.*

Escribes con rabia.

Porque no sabes qué otra cosa hacer.

Porque cuando llueve mierda, cuando te quieren meter en la cárcel por razones políticas, cuando el mundo se oscurece, cuando se mueren los amigos de los amigos, cuando un cuate que te quiere como a un maestro —qué es esto de tener discípulos, te preguntas, desde cuándo— se embarca en un viaje que puede ser apenas un borrador inacabado de una novela o una escena perdida en un documental, pero también puede transformarlo en un asesino que cambie la Historia, cuando sientes cómo se deshace la pareja con tu mujer gringa de un metro noventa, incluso cuando se niega a salir la nueva novela de tu personaje desaforado y excesivo que es uno y es muchos, cuando todo se desmorona, eso es lo que haces. Escribes.

Escribes.

Es lo que sabes y lo que eres.

Te sientas frente al ordenador, decíamos. Decíamos que mueves el mouse mientras las gotas se suicidan contra la ventana de tu departamento en Colonia Hipódromo, en el centro geográfico del Defe. Que fumas y escribes.

Hay un plan del que eres parte desde hace apenas cinco días. Y lo demás. El ordenador sobre la mesa y la mesa junto a la ventana desde la que se ven los árboles de la calle Ámsterdam —esa avenida que alguna vez fue una pista de hipódromo y que hoy, en su óvalo, condena a los conductores despistados a dar más de una vuelta buscando la salida— sobre la que cae una lluvia persistente, hedionda y cruel que manda a sus gotas a morir contra el asfalto, contra las paredes de los edificios y los árboles que miras a través de tu ventana, contra esa misma ventana. Las gotas como pilotos kamikazes con olor a mierda de burro tirándose en picada sobre la monstruosidad del Defe, la ciudad más potente y bella del mundo entero. Pese al cariño que tienes por Barcelona, por Praga. La Habana, Londres, Buenos Aires. Incluso por Gijón. Esta es la única ciudad de todo el puto mundo que amas de verdad.

Hay junto al ordenador una pila de libros que en cuarenta y tres minutos pueden o no desaparecer. Evaporarse. Transformarse en otra cosa. O seguir ahí, como si nada.

Escribes para preguntarte —no para responderte— qué pasará con esa combinación de papel y tinta si todo sale según el alocado plan de un gordito que murió hace poco más de un año, al que nunca conociste. Un chavo al que puedes imaginar y describir porque es parte de tu oficio —el oficio para el que eres bueno— pero de quien casi nada sabes. Apenas el relato tropezado e inconexo que tu cuate te hizo estos días, la imagen borrosa en el video de despedida, lo que fue agregando tu imaginación afiebrada.

Reemplazas *un cigarro* por *el último cigarro que me queda.*

Sonríes. Tu boca, el sabor áspero del tabaco en la boca, dibuja una sonrisa medio oculta bajo el bigote poblado, canoso e indisciplinado.

Hay —piensas, recuerdas, sabes— como a veintitrés millas de aquí un hombre a punto de festejar su cumpleaños número noventa junto a su familia, al que dentro de cuarenta y tres, más bien cuarenta y dos minutos puede cambiarle la mayor parte de lo que siempre ha sido, casi todo lo que es.

Sacudes la cabeza.

Y más cerca —recuerdas, sabes, piensas—, a menos de cinco millas de este escritorio y este cigarro, tu cuate camina bajo la lluvia de color plo-

mo y olor a mierda, tratando de probarles a ti y a
su amigo —un gordito muerto hace poco más de
un año— que no es posible lo improbable, que la
ilusión es una pérdida de tiempo, que el pesimismo de la razón vence al optimismo de la voluntad
y que así será siempre.

O quizá no.

Quizá esté tratando de demostrarse a sí mismo que el gordito muerto y tú —un escritor
mexicano, veterano pero entusiasta, entusiasta
incluso en esta ciudad monstruosa en la que llueve como si las gotas quisieran suicidarse— tienen
y siempre tuvieron razón, que lo posible no le
interesa a nadie, que el tiempo es una ilusión y
que, en el peor de los casos, los optimistas solo
sufren una vez.

O quizá esté tratando de que nadie pueda
acusarlo de sacarle el culo a la jeringa.

Sea lo que sea lo que tu cuate esté tratando
de probar, seguro lo hace mientras evita que se le
mojen el traje gris de más de setenta años, el
grueso sobre lleno de papeles, la Star Sindicalista que fue de tu abuelo y —sobre todo— la Máquina que lleva en la mochila. Listo para emprender un viaje imposible en memoria del
amigo muerto y en tu honor, para en cuarenta y
un minutos interrumpir el curso de las cosas,
salvar a su héroe —un héroe de todos nosotros—, transformar tu pila de libros en otra cosa

o en nada y la memoria del anciano que espera junto a su familia el momento de soplar las noventa velitas en una chispa, en el mapa de un país que nunca existió.

O no.

Vuelves al ordenador y escribes otro párrafo urgente, rabioso.

*Se queda un momento en el auto, con las dos manos sobre el volante. Después se revisa los bolsillos y mira el reloj. Lo imito: faltan cuatro minutos para la hora de la cita. Es la hora. El sol de agosto —de agosto de 1940— me golpea con su puño de acero. Él baja del automóvil. Sé que no va a cerrar con llave y no lo hace. Pese al mareo, el vértigo y el miedo sonrió a la idea de estar metido en una película de la que leí y releí el guion.*

Hay —sabes, piensas, recuerdas—, en algún lugar del tiempo, un español que también es un belga y un canadiense, contando los minutos —poco más de cuarenta y cinco— para entrar en la Historia. Cree que con H mayúscula de Héroe. Será —si es, si tu cuate no lo impide— con la minúscula de hiena.

Relees lo escrito.

Borras la palabra *Él* y pones su apellido.

Sabes —porque lo leíste en la pila de libros que en cuarenta minutos pueden o no transformarse en otra cosa o en nada, porque viste las fotos en algunos de esos libros— cómo es la ropa que tiene puesta el español, el arma que esconde entre sus ropas el belga, cada palabra de la carta que lleva en el bolsillo el canadiense. Y sabes también que en este mismo momento —si es que hay dos momentos que puedan ser el mismo— estará preguntándose si tendrá éxito.

Reemplazas la palabra *automóvil* por una marca.

Vuelves al título: borras *Di Liborio*.

Lo curioso, lo que hace especial a esta tarde, diferente a todas las anteriores, es que esta vez —mientras en esta ciudad monstruosa que aquellos que la aman como tú llaman Defe, donde la lluvia es el ataque banzai de gotas hediondas y suicidas— tú también te lo preguntas. Te lo preguntas pese a lo que leíste en los libros que pueden o no desaparecer o convertirse en otra cosa en treinta y nueve, treinta y ocho minutos. Pese al hombre que rodeado de hijas, yernos y nietos está por soplar noventa velitas. Te lo preguntas porque todo puede suceder gracias al plan delirante de un gordito muerto hace poco más de un año al que nunca conociste y a tu cuate, quien en este momento camina bajo la lluvia tratando de que un traje gris no se moje, a punto de emprender el viaje. O no emprenderlo.

Enciendes un cigarrillo con la colilla del anterior igual que escribes un párrafo tras otro: sin detenerte a pensar. Como si las palabras fueran a encontrar su sentido en compañía de las otras, en la luminosidad de la pantalla del ordenador, en la música que hacen tus dedos sobre el teclado y las gotas kamikazes contra el vidrio de la ventana. Como si fueras una pieza más de la maquinaria que le permite suceder pero no tuvieras nada que ver con esa comunidad de la lengua.

Estás apagando el segundo cigarrillo cuando Karen entra en la habitación. Viene con dos latas de cerveza. Recién bañada y en son de paz.

—Oh, are you working —dice—. ¿Y Mario?

Hay una pausa. Los dos saben que ella sabía que estabas solo. Por eso tiene dos cervezas entre las manos, por eso vino con la camiseta de las Texas Longhorns y con esos calzonitos rosados con vivos negros. Por eso está descalza y con polainas. Porque están solos y viene en son de paz. Y como viene en son de paz, viene buscando guerra. Tratando de revertir lo de estos días, los últimos encuentros frustrados.

De solo verla así vestida, y con esa media sonrisa suya que deja asomar los dientes entre los labios hinchados, se te reseca la boca y sientes que rejuvenece tu sexo.

No me falles, carnal, piensas.

Abren en silencio las Coronas y en silencio brindan.

—Se fue —le dices después de un momento—, tenía algo que hacer.

Karen toma un trago de su cerveza y tú, para que no se sienta sola, la imitas. Clava su mirada verdosa en ti, que sientes el cosquilleo entre las piernas que le anuncia a tus casi sesenta y seis años una erección sino inevitable, al menos bastante probable.

No me falles, te repites.

Con el siguiente trago vacías la lata y te quedas mirándola como un objeto extraño antes de apoyarla entre el ordenador y el cenicero.

—¿Vuelve?

—No sé, creo que sí —dices. Espero que sí, piensas.

—¿Y qué escribes?

Te detienes un momento a pensar la respuesta.

—Algo así como ciencia ficción —dices después.

Karen espía la pantalla apoyándote las tetas en la espalda. Después se pone frente a ti y te ofrece de su cerveza, al tiempo que sonríe, incrédula y burlona, mostrando los dientes blancos en una sonrisa feroz. Tan feroz como la tormenta de gotas suicidas de plomo y mierda que arrecia más allá de la ventana sobre la Colonia Hipódromo.

Recuerdas la primera vez que viste esa sonrisa. Fue en directo por televisión. Jugaban las Texas Longhorns contra el equipo de la Universidad de Nuevo México. Tenías en la mano izquierda una lata de cerveza igual a la que tienes ahora y en la otra, el auricular de un teléfono rosado. Hablabas con tu editor italiano y mirabas un partido de la liga estudiantil femenina yanqui de básquetbol, con la pierna rota sobre el sillón. Mientras tu editor italiano insistía en exigirte un plazo de entrega para la novela que le habías prometido, del otro lado de la pantalla sucedió el milagro: Karen —una Karen de diecinueve años, a la que todavía no le habían extirpado su riñón después de secuestrarla, que no hablaba ni una palabra de español, que no imaginaba siquiera la posibilidad de acostarse con un escritor mexicano de novelas policiales al que los amigos llaman Jefe ni de transformarse en entrenadora de las chavas de un club en la Roma; una Karen de rostro pecoso, melena corta y gesto salvaje— entró promediando el partido que terminarían ganando noventa y uno a sesenta y siete. Pero antes del resultado final, antes del festejo desaforado de las gringuitas de Texas, fue aquella sonrisa. Cuando esa jovencísima Karen Turner que todavía no conocía el Defe y acababa de entrar al juego apareció en escena robándole el rebote a una de las negras larguiruchas de la Universidad de Nuevo México, para colarse debajo de la canasta y, sin ángulo de tiro, lanzar la pelota haciendo un soberbio tirabuzón lleno de efectos que alcanzó el aro. Una canasta imposible que Karen festejó como si hubiera sido el primer tanto de su vida, lanzando una mirada de odio hacia la galería y enseñando los dientes.

Esa sonrisa.

Esta sonrisa.

Por la que me enamoré de ella, piensas, y le devuelves la lata.

—¿Sci-fi?, ¿una novela?

—No, son apuntes para un guion. Para una película —dices.

La carcajada rompe el dique de la sonrisa y la transforma en risa salvaje. Pura violencia texana en la risa de Karen, que toma un trago.

Enciendes un nuevo cigarrillo y dejas que el humo se mezcle con el sabor de la cerveza en la boca. Lees la última oración escrita en la pantalla luminosa: *Nunca llegará a ver el rostro del desconocido.*

—¿Un guion? ¿Y la novela del personaje tuyo ese medio Speedy Gonzales, que es muchos y uno? ¿What about that?

Como toda respuesta te encoges de hombros.

Poco más de veinte minutos, piensas.

—¿Y a qué hora se te dio por escribir un guion, you?

Miras la hora en el margen inferior izquierdo de la pantalla —19:02— y calculas: veintiún minutos. La pila de libros espera, como tú.

Anotas en un papel: *pasar todo a tercera.*

Debe haber echado las cartas y estará en el hotel, piensas, si no ya habría regresado.

—Será un gran guion, verás. Lo vamos a escribir a cuatro manos cuando Mario vuelva.

—¿Sci-fi, really? —insiste Karen sin dejar de reírse—, ¿con el argentino?

El cosquilleo abandona tu entrepierna y te sube en forma de fuego desde el estómago.

Piensas que faltan veintiún minutos.

O veinte.

Diecinueve, quizá.

Claro pinche gringa, piensas, a poco no. Después piensas que la sonrisa por la que te enamoraste de ella será la misma por la que empieces a detestarla. Y piensas que deberías ubicar la historia de PIT2 en un futuro distópico pero no muy lejano, en un lugar que sea y no el Defe. Por último piensas que tendrías que dejarte de chingaderas, volver la escena de Miguel y estar atento, porque faltan poco más de diecisiete minutos para el momento.

Pero en vez de eso abrazas a Karen. La besas. Y cuando te quieres dar cuenta ya están en el suelo, ya se sacan la ropa a tirones, ya estás dentro de ella mientras en el Defe sigue lloviendo mierda y los minutos corren y corren pero el pasado y el presente han dejado de existir.

## 65. Los cumpleaños de Esteban

*Morelos, 7 de marzo de 2016*

Esteban —al que en esta mesa algunos llaman abuelo; otros, papá— le sonríe al departamento decorado con guirnaldas y globos. A la canción que dice "y que cumplas muchos más". Soy el único que compensó el promedio probabilístico si podemos hablar en términos matemáticos, piensa o dice.

Como siempre en los últimos años, el clan Volkov se reúne en Tepoztlán para festejar su cumpleaños y el de su yerno, Rogelio.

Esteban —que antes fue Vsevolod; Sieva para los íntimos— dice o piensa que es un afortunado sobreviviente de una familia diezmada. Papá y los campos, mamá y la locura, el tío y el veneno, la abuela y el pelotón de fusilamiento, el abuelo y el piolet, piensa. Dice: todos muertos a edades muy tempranas.

Los acompaña una periodista bajita y de gafas enormes de apellido Lavanderos que, dijo, quiere escribir la crónica de su nonagésimo natalicio

—así lo dijo: nonagésimo natalicio— y toma notas en un rincón.

Esteban —cuya lengua madre es el ruso, aunque escribió primero en francés, aprendió algo de turco y alemán y vivió toda su vida adulta en español— recibe el abrazo de su primogénita, Patricia, y la palmada en la espalda de Rogelio, con quien intercambia felicitaciones.

Alguien le llena el vaso. Alguien más dice que es hora de traer el pastel. Todos coinciden en alegrarse de haber huido de la ciudad, de la lluvia persistente.

Esteban —el hijo de Platón y Zinaida; medio hermano de Alexandra, de quien por años pensó que se llamaba Eva— llena sus ojos claros y cansados, como quien bebe champagne, como quien se traga la vida, de la alegría de sus nietos corriendo alrededor de la mesa.

Todos juntos. Cada 7 de marzo. Una familia que al fin pudo alejarse de las muertes violentas, piensa.

Esteban —el nieto de Aleksandra pero también de Natalia, el sobrino de Liova— ve cómo Patricia se acerca con el pastel sobre el que encendió, con paciencia y precisión, una vela blanca por cada año de vida de su padre.

Apaguen la luz, dice o piensa Esteban, así disfrutamos el espectáculo. Se pregunta, en pensamientos o en voz alta, si podrá apagar noventa velas con un solo soplido.

El pastel, que parece un incendio, llega a la mesa. *Comme la vieille maison á Prínkipo*, piensa Esteban en francés. Una chispa —*iskra*, piensa, así, en ruso— que pudiera prender fuego el mundo.

"Estas son las mañanitas", canta alguien.

Esteban —el padre de Verónica y Nora, de Patricia y Natalia, el abuelo de Gero y Santiago, de Rodrigo, Lucía y Andrés—, la mirada clara y cansada de Esteban, resplandece a la luz de las noventa velas.

Cuánto fuego, dice en español, después de un momento.

Y ríe. Todos ríen.

Son las siete y veintitrés minutos de la tarde del 7 de marzo de 2016.

Esteban —el amante esposo y viudo de Palmira Fernández— cierra los ojos y pide, por primera vez en su vida, un deseo de cumpleaños. Cuando vuelva a abrirlos quizá se haya cumplido y la historia sea un torbellino girando en el sentido contrario a las agujas del reloj y su pasado un libro desconocido.

O quizá no.

## 66. Un guion para Miguel

Miguel se ubica detrás del árbol, en una posición en la que permanece oculto a los guardias —Cornell, Cooper, McPherrar— que observan todo desde las torres de vigilancia de la casa del Viejo. Enciende el último cigarro que le queda con las manos temblorosas, pero enseguida lo apaga: quizá puedan ver el humo, piensa, y lo arruine todo.

Mira el reloj: ya casi.

Se concentra en contener los mareos, que vuelven cada vez con más intensidad. Hace ejercicios de respiración para controlarlos. Su presión sanguínea es una montaña rusa de aceleración y desaceleración. Transpira, mucho. El mundo —este mundo, esta ciudad— se estira y se comprime ante sus ojos y adquiere un halo de irrealidad.

¿Y si soy, piensa, uno más de los delirios paranoicos de la mente desquiciada de mi amigo Felipe Caballero, quien nació dentro de treinta años y va a morir hace dos? ¿O el protagonista de un guion trasnochado escrito por mi admirado

Jefe Fierro, en una ciudad, que es esta y es otra, en la que no para de llover mierda? ¿Si soy el deseo secreto de un anciano ruso? ¿O parte de la confusión de la novela de algún escritor subterráneo, allá en Buenos Aires? ¿Qué pasa si, peor aún, soy solo una pesadilla culpable del otro, del que fui y —con un poco de suerte, si la Máquina funciona de regreso— volveré a ser?

¿Cómo podría salir de acá, se desespera, si este que creo ser no fuera más que el fantasma de la imaginación o la locura de alguno de nosotros, de cualquiera de todos nosotros?

Sacude la cabeza, Miguel, para espantar las preguntas, y mira la hora.

Ahora va a aparecer por la esquina, se dice y en ese momento, siguiendo el guion, el Buick de Ramón gira en la avenida Viena y estaciona a unos pocos metros de la puerta de entrada. Una cuadra y media más adelante, tal como se lo prometió Kotov, hay un Chrysler verde que aparenta estar vacío, aunque los dos —Miguel y Ramón— saben bien que no lo está.

Ramón se queda un momento en el auto, con las dos manos sobre el volante para confirmar que no tiemblan. Los nervios son un río caudaloso arrasándolo todo en su interior, pero la fachada de Jacques Mornard —o Frank Jacson, como prefieran— es imperturbable. Revisa todo por última vez: el artículo y la nota, en el saco; la pistola, al cinto; el puñal y el piolet, escondidos en la gabardina. Mira el reloj.

Miguel lo imita y confirma que faltan cuatro minutos para la cita. Es la hora. El sol de agosto —de este agosto de 1940— lo golpea con su puño de acero. Ramón baja del Buick. Sabe, Miguel, que no va a cerrar con llave y no lo hace. Pese al mareo, el vértigo y el miedo Miguel sonríe ante la idea de estar metido en una película de la que leyó y releyó el guion decenas de veces.

Ramón no llega a dar ni seis pasos cuando escucha la voz a sus espaldas.

—Señor…

Finge no escucharlo. No es momento, supone Miguel que pensará. Supone pero no lo sabe: acaba de romper el guion conocido.

—Señor Jacson —insiste.

El tiempo se detiene o eso es lo que ellos dos, parados bajo este sol mexicano de agosto, a metros de la casa de Trotsky, sienten.

Mierda, piensa Ramón, me llamó por mi nombre. Busca en su archivo mental el sonido de la voz pero no puede ubicarlo. Es un paso, menos que eso, lo que tarda en decidir que es mejor pretender que no lo oyó y seguir su camino.

Estoy tan cerca de la meta, piensa.

Miguel piensa otra cosa. Con la calle Viena dando vueltas como una calesita, piensa que esta ya no es la película de Ramón. Será, en cambio, la que craneó por años su amigo Felipe, el guion que estará escribiendo el Jefe Fierro. La aventura de la Star reemplazando a la del piolet.

—Che, vos, Mercader y la concha de tu madre —dice entonces Mario, mordiendo las palabras, despojándose de la carga inútil de Miguel Di Liborio, de 1940, de lo que sabe y no sabe de la historia.

A Ramón, que estaba listo para atacar a traición, escuchar su apellido real después de tanto tiempo lo atonta por una fracción de segundo. Y esa fracción de segundo que tarda en reaccionar será suficiente para que cuando se vuelva hacia Miguel —que ya es Mario— manoteando la 45 de su cintura, sea tarde.

Nunca llegará a ver el rostro del desconocido, de ese desconocido que de alguna manera todavía no nació, porque suena un disparo que le explota en el pecho, después otro y otro más.

Y su vida se apaga.


Kike
Buenos Aires, 5 de diciembre de 2017

# Agradecimientos

A Paco Ignacio Taibo II, por partida doble. Una por los cuatro personajes suyos —el Jefe José Daniel Fierro, Karen Turner, Olga Lavanderos y Toñín— que usé con y sin su autorización. La otra, más importante y más profunda, por todo lo que aprendí de él en estos años. Este es el homenaje mínimo que puedo ofrecerle: aplicar, tamizadas por mi propio filtro, todas las herramientas que agregó a mi caja de-sastre.

A Acho Estol y Pedro Peruca, que oficiaron de baqueanos en las excursiones por el universo Dick, en el que tan fácil es perderse.

A Juan Mattio —amigo, camarada, socio—, cuyas lecturas me ayudaron a encontrar el rumbo cuando la novela parecía perder la brújula.

A Sacho Geragthy, Daniel Bensaïd y Mario Castells: sin ellos no existirían los capítulos titulados "Hipótesis".

A Bef, José Ramón Calvo y Chava Vázquez —¡qué te fuiste tan pronto, carajo!— por ser mis guías mexicanos, tanto geográficos como lingüísticos.

A mi primo Carlos Zanon por revisar la voz catalana de Ramón Mercader del Río.

A Hugo Montero, por facilitarme el contacto con Esteban Volkov, nieto de Trotsky y personaje de este libro. Y a Esteban Volkov por haber tenido la amabilidad, a los 90 años, de responder a mis preguntas.

A Beto Pianelli, Marina Lafuente, Luz Bulzomí, María Pagano, Ángela Bhruna, Juan Martín Batista, Marcos Paz Gómez, Acho Estol, Juan Parisi, Nahuel Rearte, Nico Ferraro, Guido Manuilo, Walter Marini y Berni Santiago, por ayudarme a sacar el artefacto narrativo más allá de estas páginas.

A Martín Masetti, que me prestó *La bicicleta de Leonardo* cuando, en la entropía que es una casa con tres niños pequeños, no podía encontrar mi ejemplar. A Mariano Sánchez, Rhiannon English, Valerie Lieter y mi hija, Juana, por las computadoras. A Paula Suar y Nahuel Tabernise, por las impresiones. Ya se sabe: sin herramienta no hay tarea.

A Julieta Obedman, quien confió en esta novela, que es una forma —la mejor— de confiar en mí. Y que con su trabajo la hizo mejor.

Buenos Aires, 17 de marzo de 2019

# Índice

Capítulo VII

Capítulo VIII

Capítulo IX

Este libro se terminó
de imprimir en
Móstoles, Madrid,
en el mes de
enero de 2021

# MAPA DE LAS LENGUAS UN MAPA SIN FRONTERAS 2021

**LITERATURA RANDOM HOUSE / ARGENTINA**
*No es un río*
Selva Almada

**ALFAGUARA / MÉXICO**
*Brujas*
Brenda Lozano

**LITERATURA RANDOM HOUSE / ESPAÑA**
*Todo esto existe*
Íñigo Redondo

**LITERATURA RANDOM HOUSE / URUGUAY**
*Mugre rosa*
Fernanda Trías

**ALFAGUARA / COLOMBIA**
*El sonido de las olas*
Margarita García Robayo

**LITERATURA RANDOM HOUSE / COLOMBIA**
*Estrella madre*
Giuseppe Caputo

**LITERATURA RANDOM HOUSE / PERÚ**
*Mejor el fuego*
José Carlos Yrigoyen

**ALFAGUARA / ARGENTINA**
*Todos nosotros*
Kike Ferrari

**ALFAGUARA / CHILE**
*Mala lengua*
Álvaro Bisama

**LITERATURA RANDOM HOUSE / MÉXICO**
*Tejer la oscuridad*
Emiliano Monge

**ALFAGUARA / ESPAÑA**
*La piel*
Sergio del Molino

**LITERATURA RANDOM HOUSE / CHILE**
*La revolución a dedo*
Cynthia Rimsky

**LITERATURA RANDOM HOUSE / PERÚ**
*Lxs niñxs de oro de la alquimia sexual*
Tilsa Otta